· 全民微阅读系列 ·

温暖满屋

刘树江 著

江西高校出版社

图书在版编目（CIP）数据

温暖满屋 / 刘树江著 . — 南昌：江西高校出版社，
2017.1 （2021.1重印）
（全民微阅读系列）
ISBN 978-7-5493-5046-9

Ⅰ. ①温… Ⅱ. ①刘… Ⅲ. ①小小说—小说集—中国
—当代 Ⅳ. ① I247.82

中国版本图书馆 CIP 数据核字（2017）第 017580 号

出 版 发 行	江西高校出版社
社 址	江西省南昌市洪都北大道 96 号
总编室电话	（0791）88504319
销 售 电 话	（0791）88592590
网 址	www.juacp.com
印 刷	永清县晔盛亚胶印有限公司
经 销	全国新华书店
开 本	700mm×1000mm 1/16
印 张	14
字 数	160 千字
版 次	2017 年 1 月第 1 版 2021 年 1 月第 2 次印刷
书 号	ISBN 978-7-5493-5046-9
定 价	45.00 元

赣版权登字 -07-2017-56

版权所有 侵权必究

图书若有印装问题，请随时向本社印制部 (0791-88513257) 退换

目录

第三辑　温暖满屋 / 68

第六辑　鳖王奇遇 / 197

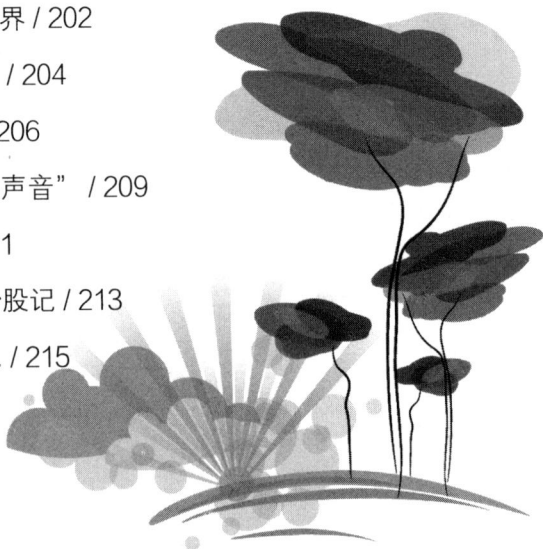

第一辑　等待良心

　　如同影视中武林高手对决，当致命一击看似无可闪躲之时，犹如魔术师见证奇迹的时刻，突然奇迹诞生，剧情陡然翻转，人物命运，人生轨迹，或绝处逢生，或柳暗花明。而之所以会发生奇迹，都是因为当事者良心未泯。当然，也有人因为亵渎良心，导致自残，将命运抛入底谷，人生步入歧途。

　　还是让我们来见证良心的力量吧。

良　心

　　他一时糊涂夜间入室行窃，却与曾是刑警队长的主人狭路相逢，他的命运究竟会怎样？

　　黑暗中，充满莫名的惶恐和不安。

　　内心，经受波澜壮阔的撞击一般。

　　那一刻，他甚至怀疑自己是不是真实的。

他不知道自己怎么会走上这条路。

这是一幢普通居民小区。之所以选择这样的小区动手，原因是这里住的多是普通人，防范措施不那么严。

虽然事先曾几次犹豫不决想退缩，但是一想起媳妇便什么也顾不上了，心里一热，鬼使神差般顺着排水管道爬了进来。

没想到会这么顺利进屋。他一边摸索，一边念叨：救命不能算偷，我也是没办法。以后有机会我会还回来的！

摸索半天也没摸到值钱的东西。灯却突然亮起，接下来更惊恐的事发生了：一位老人，看上去当有七十多了，一脸捉摸不定的神气，正坐在床上瞪着他……

他不知道怎么应付眼下这种局面。

想跑，腿却迈不动，想向老人求饶，又怕适得其反，一不小心进了看守所，自己苦命的妻子可怎么办……一时不知如何是好。

目光相持间，老汉突然痛苦地倒下，一只手伸出两根指头艰难地指着。

手指方向，是一个药瓶。他从电视里见过这种情况，知道那瓶里就是救急的药。

如果这时逃跑正是时机，他刚迈出脚，突然想起了自己父亲。父亲是他永远的痛：父亲为帮助儿子外出打工期间突然犯病，虽然被好心人及时打电话送进了医院，但还是因为错过最佳时机而无力回天。

时间就是生命。不知为啥，脑子里突然闪过这句话。那一刻，他下定了决心，毅然转回了头。忙顺着老人所指方向，拿起药瓶取出两片：是这个？老人点点头。他忙倒一杯水，服侍老人服下。

在他紧张地注视中，老人慢慢缓过气来，他又忙问：要不要叫120？

老人摇头，示意他坐下。

老人慢慢好起来，让他扶着坐起：谢谢你救了我！你是不是遇到了什么难处？

他点头，又摇头：您没事就好，我走了。

相信我！也许我能帮你什么。老人态度很坚决。

仿佛见到了亲人，他的眼泪不争气地流下，把无力继续缴纳巨额医疗费的事全说了。

老人从床边柜中摸出一沓钱：这是昨天我刚提的1000元钱，先救救急，有什么事走正道，慢慢想办法……

他哭着给老人跪下：您让我想起了我爹，谢谢您救了我，也替住院的媳妇谢谢您！

老人慈祥地一笑：我没事了，你……这样吧，明天你到政府部门反映一下，噢，对了，再找媒体反映一下，这里有一张名片，我儿子的，他在报社当记者，你说是我介绍的，他肯定能帮助你，也一定会想办法帮助你。

他看到了一个常在报刊上读到的名字，那个人是个策划高手，常有重量级的文字发表。

他怀着感恩的心依依不舍地离开。

他刚走，老人就一个鲤鱼打挺翻身下床。

目送着他离去的方向，老人欣慰地点点头：是你的良心救了你自己！我哪里来的病？只不过多服了两片钙片罢了。

老人是退休的刑警队长，曾徒手力擒过四个持刀歹徒。

良心账

"二道贩子"柳金因伤人致死入狱，几家欠下柳金货款的商户认为柳金此去是"肉包子打狗"——有去无回，借故昧钱，没想到几年后柳金竟然获得自由，这个眼里不容沙子、曾经遇事不要命的人会与那些商户发生怎样的纠葛?

那天晚上，邻村的有名的"弯弯绕"贾信一头汗水来找父亲："表叔，坏了菜了，那魔王出来了! 我家就要没法过了! 你快给拿个主意吧!"

贾信是邻村开小卖店的，和父亲算是同行。因为心眼儿活点子多，一般人和他打交道绕来绕去一不小心就绕进了他的圈子，人送外号"弯弯绕"。他说的那个"魔王"，就是曾给各小卖店送货后来进了监狱的柳金。

改革开放之初，已五十多岁刚从村干部位上下来的父亲，不顾我们反对，利用家里老房子东挪西借开了一家小卖店。庄户人常说无利不起早，但父亲常做些吃亏的生意。在农村开小卖店并不容易，商品批发零售差价很小，一大堆商品卖出去，扣去本钱、损耗什么的，赚不了多少。要命的是老少爷们有一个习惯——记账。庄户人不像城里干部工人发工资，月月有进项，往往年初买了东西要等到秋后年底卖了粮食、牲畜才有钱，若碰上歉收之年，往往一笔账要拖上一两年，填上利息不说，甚至损失本钱。尽管如此，无论哪个老少爷们来欠账，父亲总是痛快答应。更有甚者，一些买回去消费不了的烟酒、食品，往往又回来要求退货。那回村里有名的"皮笊篱"柳四走亲戚要撑撑门面买了一盒"大前门"香烟，不想亲戚也实在，怎么不让他拆，夺来让去，烟都变了形，柳四走亲戚回来便要求退货，父亲痛快地答应了，但那盒烟没法再卖给别人，只好拆开用作招待。村上原有家小店，但不少人舍近求远来父亲小店。见来了人，父亲先递上笑脸，爱抽烟的递上支烟，爱说话的，送上个板凳坐下，闲下来就与人谈天扯地的。

鱼傍水生，水借鱼活。各村冒出来的小卖店也养活了一批二道贩子，他们从厂家或大供货商那里弄来货物往各小卖店送，从中挣点差价。二道贩子中，柳金大大咧咧很讲义气，送下货自己记个账，下回送货时收上回的钱，有人扣个小零头也不计较，可就是好冲动，遇事不经脑子，两句话说不来就要动手。那回刚散完一批货，就因琐事与人冲突导致对方意外死亡。当时正值严打，传出消息说，不死也得判个无期。各小卖部还欠着柳金的钱，柳金欠着上一个供货商的钱，供货商只好拿着柳金在狱中写的证明到各送货点索款。不想有些人以为柳金这辈子出不来了，死不认账，还说钱已付清，柳金一个被剥夺了政治权利的人，说的话能顶个屁？他是疯狗乱咬人。供货商跑了一天一无所获，心里冒火嗓子生烟，最后也没抱什么指望来找父亲，没想到父亲好言好语好酒好饭接待了他，并表示如数付钱。当供货商按照柳金说的数额准备开收据时，父亲说不对，还应多些。原来柳金知道自己这辈子没指望了，平日对父亲心怀感激，有意少说了点供货数目。供货商试探着请求父亲帮忙劝劝那几家小卖部将钱还清。父亲说人与人之间有本良心账，吃了不该吃的，当时噎不着，早晚也是块病。不想那几人一口咬定钱已付清，还差点与父亲翻脸，其中贾信闹得最凶。后来才知道，是他在背后怂恿拉拢那些人不还账的。没想到不过几年，柳金在里面救火有功，减了刑，提前出来了。那些人知道柳金是个要理不要命的主儿，慌了手脚，特别是"牵头人"贾信更是像热锅上的蚂蚁一样。

父亲也没难为贾信，语重心长地说什么时候也别忘了人与人之间有本良心账。"弯弯绕"差点给父亲下跪，恳请父亲出面说情，说只要帮他过了这关，做什么都答应。父亲道，解铃还须系铃人，你只要照我说的办保证没问题。

第二天，贾信一伙人早早带了酒肉上门去给柳金接风。还把当初的欠款连本带息都带来了，解释说是当时不知供货商是真是假，怕被骗，都把钱存起来，等你出来好还你。

父亲已提前打电话帮贾信他们打了圆场。柳金也已不是从前的心性，他真心实意地留客，一个劲儿劝酒，直喝得一个个说话都不利落，特别是贾信更是喝得只会重复一句话：良心账，不能忘！

等待良心

父亲被人撞伤住院，花了一大笔医药费，他却迟迟不去报案，他在等待什么，他的苦心会得到回报吗？

他终于下决心陪父亲来到办案大厅。

他让父亲走进大厅近门的地方坐下，又独自返回门口观望，期待着那个人会突然出现或打来电话。

"儿呀，你等什么？那个人不会来了。"知子莫若父，父亲了解儿子的为人，更知道儿子的心事。

"爸，你知道我在等那个人？"

"知子莫若父。你不是等他等谁，看来，他是铁了心不来了。咱再不报案时间长了人家不好调查了。"

"唉……"他长长地叹了口气。

那天父亲被一辆没看清号牌的汽车撞倒路边后，他就期待着那个人会突然出现，为了让那个人现身，他想尽了该想的办法。

他先是在市晚报登了一条广告，感谢好心人在关键时候对父亲的帮助，及时把父亲扶到路边，又拨打120，让父亲得到及时救治。他的心思不言而喻，一来感谢好心人，为这个社会传递一点正能量，二来想告诉那个人，父亲并无大碍。他在广告上留了自家地址电话，目的就是期待那个人会良心发现主动站出来。当时父亲要他查查那个路口的监控录像，他告诉父亲："无巧不成书。当时那个摄像头坏了。先等等吧，没有证据让人家怎么查？""怎么和电视上说的一样，都是在关键时候掉链子，摄像头莫名其妙地坏了，真是不可思议。"父亲听说也是一脸无奈。

广告登出多日，那个人却没有现身。其间也有好心市民打来电话提供线索，但只说是辆黑色汽车外，并没有多少有用的价值。

父亲康复出院，他出钱结了账，又花钱复印了病历，父亲不解："肇事的人找不到，你多花钱复印病历有什么用？"他说不管怎样，总得留下个证明，也算是一份纪念，父亲只好由他。那天，他又在市电视台点歌，告诉社会上那些曾帮助过父亲的好心人，父亲已伤愈出院，并祝好心人一生平安。其实他仍然是想告诉肇事者，父亲并无大碍，期盼着他能良心发现站出来承担自己该承担的责任，至少是赔偿部分医药费。

然而，人间蒸发似的，那个人一直没再露面。奇迹并没有发生。

他不甘心，又通过市交通电台反复发布消息，以父亲的经历告诫司机朋友，为人要遵纪守法，要守公德，并表示如果那个肇事者主动站出来承担责任，他们将给予最大的理解和让步，如果肇事者一直不现身，他们将于某月某日到公安报案，用法律为父亲讨回公道。他相信，作为司机，他肯定听得到。

父亲听说这事，不大理解：无凭无据的你唱什么空城计？

他却信心满满：儿子自有道理，您老就等着瞧好吧。

然而，到了约定报案的日子，那个人没出现，父亲却有些动摇："咱一没凭二没据的，又过了这么长时间，怎么破案？"

他神秘一笑："我一个负责监控的交警，这点事能难倒我？"

拘留所里，肇事者面对来看望自己的他，有些惶恐："你做的一切我都知道！一开始，我害怕出人命，后来想自首，又怕花钱，又想既然你一个公安都查不出证据，就想侥幸躲过……只是我现在都不明白，既然你手里有我肇事的监控录像，为什么一直等那么久才报案？你既然这么有爱心，为什么就不能放过我？"

"我一直在等你良心发现，那样可减轻你的罪责……我已经做到了仁至义尽，可惜……对邪恶的纵容，是对爱心的亵渎！"

醉　归

都说酒后吐真言，张三他们酒后却想对媳妇耍花招，好瞒天过海，他们的手段能得逞吗？

古夷城里有几个铁哥们：张三、李四、王五、徐六、韩七，从青年时期就是酒友，婚后旧习不改，常偷偷找机会相聚，相聚一定喝酒，喝酒一定半醉，回到家里常常受老婆处罚。

这天兄弟几个又谎称单位加班偷偷聚在一起喝酒，一高兴一激动，就忘了老婆成天在耳边叮嘱的话，推杯换盏，不小心又有点喝高。酒进了肚子，这才想起回家还得面对老婆大人这一关，不回家更不是办法，几个人全没了喝酒时的豪情壮志。耽搁了好半天，大家决定一起商量个办法，免得回家受罚。

众人绞尽脑汁想了半天，最后还是张三头脑活络，如是这般一说，众兄弟纷纷竖起大拇指连声称："高，实在是高！"

张三回家，妻见他醉意蒙眬的怒不可遏，上前就欲撕扯。张三把手一推："谁家女人，少来动我！我家有娇妻，比你强百倍，稀罕你？"妻见状大喜，柔声劝张三这是到家了，快坐下休息，接着又是递水又是擦脸又是替张三洗脚醒酒的，格外用心。

李四醉醺醺到家，如法炮制。其妻素以强悍著称，见状大怒："你灌点猫尿也就罢了，喝了猫尿竟然敢背着我到不干不净地方，白白辜负老娘对你一片真心！"当即又出五指，横脸打来，又加一脚踢出门外，李四无奈，怕邻居笑话，不敢在门口久留，只好到大街找个僻静处蹲了一夜。

王五醉归，也如是表演一番。其妻素以疑心重著称，见状更加怀疑，便一再探问，但终未得究竟，从此整日疑神疑鬼，甚至跟踪调查，差一点要动用私人侦探，王五又不好明说，只能自讨苦吃，妻子对其日渐冷淡。

徐六醉归，效行其法。其妻平素就不满徐之做派，只是隐忍难发，这回终于找到了突破口，便以徐常到"那种地方"为由提出离婚。徐一万个不情愿，无奈其妻当庭出示那晚回家时的录音，法庭当庭判其离婚，公安机关听说，还找上门来调查其劣行，好一阵折腾。

韩七醉归，又学是法。他的妻子一看就知道是在演戏，笑而止之："少来这一套，贼心、贼胆、贼钱没一样，谁稀罕你！别演戏了，赶快洗脚上床是正经！只是记住一条，下不为例，若再犯，老娘当痛打不饶！"

数日后再聚，兄弟几人谈起各自经历，不由唏嘘，有叹媳妇真情，有叹河东狮威，更叹徐六因此家庭离析，好不伤悲，兄弟几个再次坐下讨论，如何出个万全之策，既照顾了个人爱好，又不伤及家庭。

讨论半天未见结果，张三红着脸说："事有因果，其因在我们，明知醉必引发争战，何必一而再再而三，如此想方设法逃避责罚，不如从根上断绝。"

众兄弟忙问如何去根，张三轻轻一笑：戒酒！

从此，五兄弟相聚只谈文学，不近烟酒。

乡村教师李文善

为人师表惯了又让他不能坐视不管："小朋友，以后可不兴骂人！"不想小孩变本加厉，边跑边喊："就骂你就骂你！"李文善大笑："骂我行，可不兴骂别人！"……

那年月，通讯不便，识字的人更少。大傻老爹有病，拍电报要在东北谋生的二傻回来，可直到老爹走了二傻也没见个人影，大傻料理了老爹后事，就气鼓鼓地找乡村教师李文善修书声讨二傻。李文善听明因由，就戴上眼镜动笔，完了给大傻一念，整个把大傻的话串起来了，大傻大喜：中！中！可出了我一口恶气！过了几日，二傻风尘仆仆赶回，跪在爹的坟前就不起来。原来当时二傻有病卧床，家里人怕他上火就把电报藏下了，收到大傻的"檄文"时还没好利落。兄弟俩抱头大哭，大傻说二弟呀，哥不是人，不该叫人写信骂你！二傻惊讶：哪有这回事，这信我还带在身上，掏出信叫同来的一个识字的亲戚一念，里边都是劝慰问候的话。原来，李文善把意思给改了。

大傻去感谢。李文善说，人在世上不易呀，除非万不得已不要出手，一枪出去，就再也收不回了，就是伤好了，也一辈子留个疤。

李文善为人厚道，村人都愿意和他打交道。一些人借机让他请吃请烟的揩他的油，他也不恼，总是笑呵呵地让人占便宜，家里人怪他，他说，这又不是原则问题。一回村里犟头孙、倔驴袁两人为先有鸡还是先有蛋争起来了，请他评理，李文善对犟头孙孙升说："你对！"倔驴袁刚要变脸，李文善忙说："你也对！"别人又笑，他还是那句话："这又不是原则问题！"那回和几个同乡一块去县城，在饭店吃饭时他去厨房找头大蒜，被厨师训了一通，几个同事看得一清二楚，刚落座，几人幸灾乐祸故意问怎么回事，他若无其事地回答："那厨师问我对饭菜满意不满意！"更有意思的是一回他去邻村找朋友，一个弱智小孩见他骑个新摩托车，就用有仇富心理的农村闲人编的小唱骂他。他本想不理，但为人师表惯了又让他不能坐视不管："小朋友，以后可不兴骂人！"不想小孩变本加厉，边跑边喊："就骂你就骂你！"李文善大笑："骂我行，可不兴骂别人！"以致此事成了一个经典笑话。

村里五爷被支书媳妇欺负了，家人咽不下这口气，要将支书媳妇告上法庭，旁人不敢掺和，李文善签字做了证人。村支书连哄加骗把那证据要出来毁了，又去找李文善的茬，一天酒后直接骂上门来，李文善临危不惧录了音，表示要去法庭告支书。

支书听说李文善要去告他，心里有点打怵，心生一计，又约李文善出来喝酒赔不是，表示要让媳妇给五爷赔罪，两口子这辈子对老少爷们再出一个脏字就改姓王八，想方设法要钓出那支录音笔。看支书那真诚样子，李文善很感动，果然憨憨地笑着把录音笔交出来给了支书。

村支书接过录音笔脸色大变，咬牙切齿地一脚跺碎："撸了你的狗牙看你用什么咬人？看我不慢慢弄疯你！"

好个李文善，只见他一拍口袋："这是原则问题！我还有一支，把今天的话也录下了，咱们法庭见，纪委见！"

邻居的耳朵

正所谓隔墙有耳，二大爷就在隔墙，我却口无遮拦地说了二大爷一大堆糗事，二大爷听个一清二楚。打人不打脸，骂人不揭短，二大爷会有什么反应？

真是人生易老天难老。想当初，说话响当当走路一阵风似的二大爷，如今竟然也耳聋行缓，看来是岁月不饶人呀。

尽管二大爷没听见我说的那些话，可是，我还是一想起那事脸就发烧，真是的，在城里待了这么多年，大大小小的场合也都见过，高高低低的人物也接触不少，怎么一回到故乡，就成了口无遮拦的大野嫚儿。

丈夫在一边用心驾车，偶尔问我一句，我却心不在焉，答非所问，丈夫奇怪问怎么了。我又一阵脸红：没什么，只顾看外面风景了。其实，我在心里想的还是二大爷那事。

昨天刚把母亲从乡下接进城里，当晚就有梁上君子光顾母亲居处，真是的，做贼的也太笨了，一个农村老太太的家里会有什么宝贝？做贼的也太可恨了，你们就不会凭自己的劳动过生活？

所幸的是母亲有一位好邻居，就是二大爷。今天一大早接到乡亲电话，昨晚有人欲进母亲居处行窃，幸得邻居二大爷翻墙过来把贼赶跑，不幸的是二大爷因为赶贼受了一点小伤，因此母亲家里没受什么损失。母亲一听急了，一是担心家里的坛坛罐罐，二是担心二大爷的伤势，刚住了一晚上就待不下了，急火火地赶回乡下，看望二大爷，也看看家。

母亲是我们昨天回乡下接到城里的。昨天回到乡下，老母亲去菜园收拾些新鲜菜蔬还没回来，邻居二大爷也未见动静，我就和老公开门，坐在院中说东道西，话题不知怎么就转到和母亲比邻而居的二大爷身上。二大爷年轻是曾任民兵连长，后来又当贫协主任，为人热情执着，却又少有文化，因此讲话时常闹笑话，比如他让人将抽水机加到八档，别人说抽水机不论档他还不信，他讲林彪偷了一只三个翅膀的鸡往苏联跑，那回开会他问别人需多长时间，人家回答他七十分钟，他回人家道好好，不到一个小时……特别是他干民兵连长时大会发言闹了一个经典笑话，至今成为村人的口头禅。

先生听着，乐不可支，我也得意非凡，向丈夫炫耀：莫道野无遗贤，其实，高手在民间，听说那位写《创业史》的柳青为了向一村妇学习鲜活语言，故意惹恼村妇，让村妇隔着门骂他，他却在门那边乐呵呵地用小本本记……正说着，我忽然觉得无地自容！因为我突然看到隔墙院中正升起一缕祥和的青烟，起身望去，二大爷不知什么时候立于院中！我们说的那些话早让二大爷听个一清二楚！我是侦察到二大爷没在家才这样放肆的，当下不知所措，忙掩饰地叫："二大爷——"

二大爷没有动静，迟缓地一步一步往屋里挪，丝毫没发现有人在叫他。

我放大音量，拿出早先在乡下喊山的劲头二大爷才有反应，拍拍烟袋面带惊喜地大声问候什么时候回来的，要不要过去玩一会儿，末了又指指耳朵："老了，不好使了，今秋天又常发烧，烧得耳朵不听使唤！"

天助我也。我暗暗松口气，赶紧隔墙递过几个乡下少见的水果。

母亲回来，我向母亲求证二大爷的事，母亲一脸茫然，继而有所悟似的随口道："年纪大了，也不好说，前些日子是听说发烧，喊他也费劲多了。"我的心才算放松下来。心里又替二大爷惋惜：早年踢死牛打死虎的主儿，也一样廉颇老矣。

还没进门，就听见二大爷家人不少。一进院，就听见二大爷正粗声大气地和人吹："别看我一个孤老头子，可我耳不聋眼不花，老鼠在窝里动弹我都听得见，蚂蚁在地上爬都瞒不了我，他一个小小毛贼还想躲过我老民兵连长的火眼金睛顺风耳？"

见我们进来，正在挂吊瓶的二大爷陡然打住，欠起身让座。面对娘的感谢，二大爷一脸的真诚："别，别，老邻旧居的可别这么说，有事就该互相帮衬，还有，这种事你不来个老鼠过街人人喊打，还不让那些不三不四的人反了天？"看看我，又若无其事地道："你还别说，这也是因祸得福，打了两针，耳朵清亮多了。"

名 厨

长相有点像小品中的范厨师，也没有什么绝招秘方，正所谓才不出众，貌不惊人，可他经营的饭店却几十年一直红火不已，这里边到底有什么秘密？

一直以来，古夷城里，他是人们公认的名厨。

可自始到终，他都不承认自己是名厨。

脑袋不大，脖子不粗，甚至人有点瘦，也没有祖传技艺拿手好戏。才不出众，貌不惊人，脸上还有几个麻点，本姓王，名广福，好事者背地称之王广林，广、林合起来就是一个麻字。就是这样一个人，在古夷城影响了几十年，一直到今天。

王广福身为名厨，被人称道的却不是他做的菜。

那年王广福在县城有名的文化宫酒店掌厨。当时花上三十元左右，就可置办一桌菜肴，五六个人就能痛快淋漓地吃一顿。然而，在一个星期天，却有三个人一下拍下三百元要一桌饭菜。按三十元一桌的标准，可上十桌，而人家就三个人，图的是一个精，你不可能按三十元的标准上他十份。俗话说开店不怕大肚汉，而面对这有钱的主儿，经理却犯了难。

此时，王广福正在家歇班，当时连个电话也没有，经理忙命人火速开上运货的大卡车，去十几里外把王广福拉回来。司机火速赶到，王广福一掂量，当即提了一只自家养了好几年准备给爹妈进补的老鸭，又去沭河边摊上选了一只野生王八，就近购了一只野兔，带了些山菇，匆匆回去。

一阵忙乎，菜备饭齐，客人吃得不亦乐乎，看来人家是懂行的人，说三年老鸭赛人参，这鸭不只三年，野生王八赛黄金，你们能给我们讨来这么好的东西，真是物有所值！一个劲儿地表扬酒店。然而，客人临走，王广福却坚持找回人家四十元，一本正经地说这桌菜满打满算加上利润只值二百六十元。客人当时就一愣，继而直挑大拇指：真有你们的，服了！后来一有机会，那几个外地人就会来这里吃一顿。

然而，几年后那几个外地人重返这里时，却不见了王广福。经理说王广福去外地了，热心挽留那几人，不料菜刚上了一半，不知是地沟油熏的还是咋的，那几人就匆匆付钱走了。走出酒店没多远，意外发现一家"王广福包子铺"，觉得这名有点熟，进去一看原来正是当年大酒店的厨师王广福当家，几个人喜出望外，痛快淋漓地吃了一大盘包子。

几位客人询问王广福为什么放下大酒店不干来挣几个小钱。王广福很严肃："钱不在大小，关键来路要正。"原来，在一阵承包风中，文化宫大酒店被经理个人承包下来，因为原来的名气，生意十分红火，为了获取更多的利润，经理暗地要求王广福在材料把关上降低品质，不再精工细料，甚至以假充真，王广福很倔，坚决不听，因为酒店归个人说了算，有句话叫不换脑子就换人，王广福只有拍拍屁股走人。

每天，王广福亲自带人选材购料，一个朋友神秘兮兮地介绍秘诀，要王广福用这"精"那"香"的，王广福坚决拒绝，一个杀猪户私下找他要以市场价一半的价格长期供给猪淋巴肉，王广福差点和那人打起来。王广福的大包子虽然没有特色，却特别地道，来吃的人都说就像自己在家做的一个味。有时候来吃的人都排成长队。

一天王广福的一个亲戚看中了王广福的市场名气，过来要帮他开一个连锁店，每年给王广福一笔不小的加盟费，王广福一听直摇头：手大捂不过天来，我就经营好我这一个小店就行，你还是另闯天下吧。结果那亲戚从此不再来往。

王广福的包子越卖越火，文化宫大酒店却门可罗雀，生意一天不如一天，入不敷出，不得已关门大吉。经理向单位撂挑子，一大帮职工眼看就吃不上饭了。有人想起了王广福。起初王广福不想揽这个差事，可禁不住一大帮旧弟兄情分，就和那帮弟兄约法三章，主动出资承包下了这个大酒店。这时，那个亲戚又来打"王广福包子铺"的主意，王广福很痛快："地面我可以转让给你，还有几个月的房租我也替你交了，但这招牌我必须带走！"

文化宫大酒店重新开张，生意一天火似一天，这一天突然来了几个客人，到处去转悠，套职工话，看那样子就是想方设法找出点毛病。后来才知道，是有人给电视台打电话，说文化宫大酒店用假冒伪劣食品充好糊弄顾客，结果记者查了半天，没发现半点迹象，有人就怀疑是原来的经理看酒店红火得红眼病想搞坏酒店名声，不想却免费为大酒店作了广告。这样一来，来吃饭的人更多了。

记者听说了王广福长期不倒的传奇经历，就问王广福有什么秘诀，王广福想都没想，随口道：哪有什么秘诀，人家会做的，我有的不会，我会的人家全会。记者又问这么多年的厨艺，哪道菜最拿手，王广福一本正经地说：良心菜。

感　召

张家人想绑了刘家人送到鬼子据点去换回自己的儿子，刘家人却在关要紧头三番五次救张家于危难，这中间是非曲直究竟是什么？

那天天刚摸黑，刘清父亲上气不接下气地跑来找刘八爷，说是有人见刘清被张大头几人绑着正往鬼子炮楼送，快想办法，不然儿子的性命难保。

古夷村有张、刘两大姓，富户集中在张姓，穷人多是刘姓。张姓人多圆滑，刘姓人多仗义。张姓的首领是张大头，仗着祖传的家产和几亩地，加上心眼转悠得快遇事不吃亏，总给人一种阴不可测的感觉；刘姓的保护神是刘八爷，八爷一直是光棍一个，虽没什么武艺却好舞刀弄棒的，仗着一身力气一身正气和胆量，常常路见不平一声吼，那些奸邪小人一听他的名字心里就打鼓。张姓人看不起刘姓：连个肚皮都混不饱，连个护腚的裤子都穿不上，算什么本事？刘姓更不买张姓的账：是人没个尿性，有几粒粮食撑牙就算本事？

那年月，穷和富都不是件好事，穷有穷的难处，富有富的忧虑。特别是小鬼子沿潍徐公路，像兔子拉屎一样建下炮楼安营扎寨，穷的富的日子就都不好过了：不是被逼出工出力，就是被逼出钱出粮。三天前，炮楼里鬼子派二鬼子（汉奸）来催粮，不少人闻讯而躲，二鬼子知道村里谁穷谁富，就拿了张大头家的独生子张满泰，临走留下话：十天之内或是凑足钱粮，或是拿人来换，不然的话就把人发到东北打苦力顶钱粮。热血青年刘清和张满泰平素交往不少，听说后去张大头家过问安慰，张大头家里有钱不舍得拿正在发愁，见刘清送上门来就动起歪点子，借故留下刘清吃饭，直到天黑绑着刘清要送炮楼去换回自己儿子。

"混蛋，不讲良心！"刘八爷见说，拿起砍刀就往外走。

八爷的脚步快如飞，半路就赶上了张大头一伙。张大头和几个族人绑着刘清正往炮楼走，一见八爷抢着大砍刀追来，吓得屁滚尿流作鸟兽散，张大头的弟弟张二怀跑得慢，被八爷追上一脚踢断右腿。

张家没能赎回儿子，不去恨鬼子，却成天对刘家动歪心眼。刘父怕张家再动坏心眼，就让刘清去几十里的旗山投奔那里的八路军游击队。不成想，刘清却去二鬼子那里当了伙夫。八爷听说气得天天磨他的大刀："早晚有一天，让我宰了这个兔崽子！"刘清父母也成天唉声叹气。刘清因为手艺好很受宠，慢慢地二鬼子们就很喜欢他。当时张满泰被逼着在那干杂差，刘清就一定要张满泰跟着听差，二鬼子头说为什么单挑他，刘清说这小子一家仗着有几个钱过去在村里吆五喝六的，我得治治他的邪气。二鬼子头知道张刘之间的恩怨，非常信服，还给刘清打气：他要不听话就直接撂倒他。

一天，刘清拉张满泰出来买菜，瞅个机会往八路军根据地跑，不想半道被人发现，一阵乱枪吓得张满泰屁滚尿流的走不动路，又被抓回去，准备送往东北干苦力。刘清只身一人逃到了根据地。原来刘清为赎八爷一脚之失，也为化解张、刘二姓矛盾，不惜背上"汉奸"歪名去当了二鬼子，想救出张满泰，不想却害了他。

当了八路的刘清晚上偷偷回村了，他是回来摸情报的，不想被张大头发现了。张大头心生一计，带着一个侄子连夜进炮楼报告，想抓住刘清后鬼子自然就放回他儿子。小鬼子马上来古夷村抓人，不料村里人全跑了。原来二鬼子队副官和八爷熟悉又佩服刘清的为人，偷偷派知己透了信，刘清和八爷就带村里人逃到村外山上去避过一劫。鬼子抓不着人气急败坏，抢掠一阵，又放了一把火，把张大头两口子和侄子吊死在村头。

几年后，张满泰回村了，他是回村送刘清遗物的。原来，八路军游击队打埋伏在中途救下了张满泰等人，张满泰说什么也不回家随刘清参加了八路，在一次战斗中刘清牺牲，首长安排张满泰回乡报信。张二怀却咬牙切齿难释前嫌：我们两姓祖上就尿不到一块，要不是刘清，满泰早放回来了，张家也死不了人！你爹娘死得那么惨，还有我的腿，不能放过他们！此时满泰已经是一名党员，耐心开导他的族人：刘家于我们有恩，你们怎么不恨小鬼子反过来恨自己人呢？张二怀死活不开窍：你要还认我是你叔，以后就回来当官，慢慢收拾他们。

张满泰从爹妈坟上走后长时间没回家，后来转业回县里当了干部，每次回村总是先上刘家坐坐，张二怀一提旧怨，张满泰一点不给好脸色。

转眼到了六十年代末，一天张满泰回村看罢刘父、八爷，正陪族人聊天，忽然一大群"造反派"吵吵嚷嚷堵上门要拉他出来斗争，里边有刘姓也有张姓，张二怀见状早躲得不知去向，满泰被双手反绑戴上纸帽子要送往公社集中批斗。刚走到村头，却见早有二人上来挡住去路，其中一人又抡起了大砍刀——正是八爷和刘清之父！有功之臣和烈士之父自然无人敢惹，张满泰躲过一劫。

当天晚上，张二怀来到八爷面前长跪不起：以后再做对不起刘家的事，我就畜生不如！

真情背后

病人家属偷偷给我送礼，我悄悄拒绝，没想到却成了拒贿防腐的模范，这墙是从哪里透的缝儿？

大热天，我正静下心来考虑新入住病人的治疗方案，烦人的敲门声响起。

从玻璃上的投影看是一个陌生人，本不想理会，那敲门声虽小心却不依不饶，无奈没好气道："进来——"

来人六十左右，脸上带着过多接受阳光亲吻的颜色，浓重的岁月留痕，还有一脸的憨厚。

一见那张脸，我的心就是一软，但一想人不可貌相：前些日子也是长着这么一张脸的人卖给我一捆韭菜，当时那人拍着胸脯打包票说是绿色无公害，可非常喜爱韭菜的媳妇吃过就闹肚子疼，知情人说肯定是用剧毒的农药作基肥造成的！我收起对这张脸的好感："你有事？"

"我是29床傅建利的爹，古夷乡蛤蟆湾村的，咱们是老乡，我们想请您给我儿子……全靠您了……"

傅建利，这个名字好熟。前几天，嫁到蛤蟆湾村的表姐来找我帮忙：因为宅基地的问题，村里迟迟拖着不办，村主任傅建利硬是索要三千元活动费，看看能不能想想办法。我是一个医生，为病人开颅去疾本县没人能比，但搞定一个村主任我却鞭长莫及。便戏谑道除非傅建利得了脑疾来找我，我才有办法。表姐家穷，没奈何我先赞助两千元。不想傅建利因长期酗酒致脑子短路被送来就医，为保儿子性命，傅建利的父亲慕名来求我。

不知从何时起，靠啥吃啥似乎成为一种社会潜规则，有的人把掌握的权利、公共资源当成一种敛财工具，大事小事不意思意思就难过关。这不，儿子上幼儿园，就差一天的时间，人家硬卡着不收，最后媳妇去找园长家意思一下，儿子这才进了校门。不过，我自认虽不能兼济天下，却知独善其身。那些医药代表找我，最终悻悻而去。

"众人皆醉我独醒不行，最好的办法就是随大流，别人醉了，你也小晕一下！连忧国忧民的屈原，最后不是也不得已跳了江？"那回，人称"政治医生"的程树高喝高了，对我发了这样一通感慨："领导满意，才能成事。那些病人，大可不必可怜，说不定就是他们用有毒的蔬菜、地沟油加工的食品坑你害你，说不定就是他们坑害了你的父老乡亲兄弟姐妹！"

我说起鲁国宰相公孙休拒鱼的故事，程树高不屑："什么年代了，所有的猫不捉老鼠却都吃鱼，谁还相信你吃素？没见那些说得比唱得还好听的，人前人模狗样，人后什么都敢往怀里划拉。"

对病人，我有一种冲动，就是恨不能立刻施展妙手让他们全部生命回春。但此时想起"政治医生"那番话，想起表姐一家的遭遇，我突然产生一种报复欲望，借此把他敲表姐家的竹杠敲回来！便欲擒故纵："对不起，谁主刀需要医院安排。"

"我知道，我们去求院长了，他们说只要你同意就行。只有你亲自动手我们才放心。这是我的一点心意，请收下。"老汉试探着递过一包东西。

以暴制暴，不收白不收。我心里那潘多拉的盒子就要打开。

不行，不能开这个头。你说，一个妇人冰清玉洁一辈子，如果再晚节不保投怀送抱,还有脸见人？我突然觉得不能让心灵蒙尘:"手术,我可以做,这个,我不能收。"

"刘主任,这是我们自愿的,又不是你强迫,不会影响你的清白……"

清白？清白有什么用？心里有一个人在倾诉:你一心兢兢业业埋头业务,可成天忙于拉关系搞公关也没少收好处的"政治医生"程树高,却早早提拔为主任,成为顶头上司,你又何苦？但一想起暴露的后果和那些贪婪者的下场,我的心又坚定起来:"不行,我们有纪律。"

"纪律也得讲人情,再说,你要不收,我心里不安,我家人就不敢让儿子上手术台。"

我的心忽然被感动,眼光落到傅老汉脸上,怎么那么熟悉？对了,父亲就是这个样子,我眼前晃动着父亲辛苦劳作甘愿为儿女付出一切的情景,声音不自觉温柔起来:"这钱你先藏起来,就对家人说我收下了。"

傅老汉一脸诚恳:"我可是真心。"

"我也是真心,大叔,你敢把儿子的生命托付给我,我怎么能不尽心！你放心,这个事我应承了！我这就去找院长说！马上准备手术！"

手术异常成功！我一头汗水走出手术室,对同样一头汗水的傅老汉点点头:"一切正常。"傅老汉激动地握着我的手又摇又晃不放下。这时,也是一头汗水的院长领着一群带长枪短炮的过来凑热闹:"你摊上大事了！"

"什么大事？"我一头雾水。

"好事！县里准备推介一批廉洁模范,曝光一批吃拿卡要不作为的人,为了捕捉到真实的景象,昨天,记者在几个地方装了微型摄像机，不想你第一个进入了镜头，今天他们想在此基础上做纵深报道……"

真　情

　　本可按照既定方案对罪犯一枪毙命，他却中途改变主意空手夺刀，是什么促使他改变了主意，他能不能成功？

　　掌声响起，无数的镜头、鲜花簇拥而来。

　　这是古夷市第一小学的三年级教室，每天这里都传出琅琅书声和孩子们开心的笑声。

　　可有谁相信，刚才这里还是罪犯和警察对峙的现场，一名对社会怀恨的无良之人丧心病狂进来绑架了一名小学生，警察闻讯赶来开展营救，那情景紧张得令人窒息。

　　媒体真是无孔不入，记者的敬业令人害怕，对峙还在进行，这方那面的记者就来了一大群，冒着危险各自抢占有利位置抢得第一手材料。

　　如今，罪犯束手就擒，危险烟消云散，焦点自然集中于他这个虎胆英雄，关键时候只身上前解救人质的警察身上。

　　临危不惧，智勇双全，忠诚战士，人民卫士……一切都不过誉。

　　人如潮水，提问也如潮水涌向他……

　　他却半天没回答提问。

　　警察也是人，也有七情六欲，也会后怕……众人以为他还没从刚才险境中缓过来。

其实，他还没有想好，他在思考一个问题……

本来他有机会也绝对有把握一招制敌，一枪毙掉罪犯性命。

可是，在最关键时候，他却突然变卦！他竟然放弃了事先布置的开枪命令，不顾自身安危，果断上前接近并击倒罪犯，虽然身上被刀划破，人质却平安得救。

虽然说将在外君命有所不从，可这样临场变卦，是要负很大责任的，万一失手，后果难测！谁都负不起这个责！

现场指挥的领导看在眼里急在心上，可又无能为力，一切都在片刻之间，电石火花，只能眼睁睁看他"胆大妄为"。

被解救的人质是个十来岁的小女孩，因惊吓过度，此时正浑身哆嗦，说不出话。

他正在考虑怎样自圆其说为什么临场变卦，角度，条件，时机……好在人质平安，罪犯束手，他想怎么说都合情合理。

女孩被临场指挥的首长揽在怀中安慰，首长是一位女性，干练又不失慈柔。也有不少镜头追随着首长：侠骨柔情，强将手下无弱兵，这绝对是正能量好题材难得的好新闻。

此刻，他的眼睛也不由追随着那小女孩。记者刚摆好姿势准备拍照发问，小女孩却很不配合极力往外挣："我想找妈妈！"

细心人发现，首长表情有一丝尴尬。

看到小女孩子的表现，他坚定了信心——实话实说！

当时，他就想，罪犯劫持人质虽然可恨但罪不至死，再者，如果让罪犯血溅当场，也许，那血腥恐怖的死亡记忆会跟随小女孩一辈子。于是，他改变了主意。

他微笑着面对镜头，主动回答记者的提问。

——你为什么能临危不惧冒死上前？

他说："我也是一个父亲。"

——面对如此凶险场面，你为什么不开枪？

"我想起了他的妻子儿女，再说，他罪不至死……"那回答，没有人们想的铿锵坚定，相反，却生出几多柔情。

掌声震耳欲聋。

他吃惊地发现，现场总指挥，那位女领导，竟带头为他鼓掌！

一瓶好酒

粮所所长备下一瓶好酒请客，没想到却被人"狸猫换太子"换成了白水，但你想不到的是，这做手脚的人竟然就是所长所请的客人。他这样做到底是因为什么？

临下班，所长通知：大家都别走，到会议室开个小会。

单位不大，连所长在内一共五个人，无一缺勤。

是不是请我们喝酒！李四说过，所长弄了一瓶好酒，是不是？有人这么一说，李四期期艾艾，脸上红一阵白一阵的……

四人透过会议室玻璃小心观望……

桌上是一盘诱人的猪头肉，还有花生米，豆腐皮……特别显眼的是那瓶"泸州老窖"，引得四人使劲咽口水。正是这瓶酒，让四人心痒了好多日子。

那天李四发现所长神神秘秘带来一个包，小心地捧着，当时心里就犯了琢磨：什么东西这样小心？当发现是一瓶泸州老窖时，李四心里生出疑问。

当时的年月，视醉人为祥瑞，别说名酒，就是普通的白干酒也满足不了供应。老百姓对酒有种特殊的好感。所长滴酒不沾，弄一瓶名酒做什么？李四又把这个问题抛给众人。

送礼调进城去？

不可能，所长快要退休的年纪，儿子都当兵娶媳妇了，还进什么城，所长老婆每回来不都说盼着他退了休回家抱孙子。

送亲戚的？

不可能，亲戚间一般不用这样的好酒，再说所长也不会带到单位来。

送给我们喝的？

做梦去吧，四川出名酒，所长儿子在那当兵，才能有机会带回这么一瓶酒，至少得半个月的津贴。你就是个坷垃命，还想天上的七仙女做媳妇，空想罢了。我们是什么人，所长能舍得给我们喝？所长那么小心，最大可能就是想送乡里哪位领导没送出去，暂时放在这。噢，记不记得上回乡长来检查工作时对所长说，听说你儿子在四川当兵，那里可是出名酒哟。这不是点了名向所长索取酒吗。肯定是这样，这瓶酒，是送给乡长的。王嘀咕分析得头头是道。

这个意见，得到了大家统一的赞同，王嘀咕又觉得不牢靠，问李四：当时你没打听一下所长去哪吗？

问了，所长说去找乡长了，没找到。

人在屋檐下，怎能不低头。所长也是没办法，不然，所长退休那事乡长不签字就麻烦了。那个乡长，不提不气人！你看他那个样，高高在上，自以为了不起，成天扬个尿罐头，见了人眼和鼻子都朝天，全不把我们放在眼里。

就是，就是。我们就纳了闷了，这样的人，也配当乡长？

你要有那本事，也能当乡长！见了上级，就像孙子一样，哈巴狗一般，屁颠屁颠的，领导喜欢，就提拔了。

他那样的人，喝驴尿都可惜了。要是这瓶酒送给乡长，太可惜了！李四恨恨地道。

……

来来来，别在外面站着，快进来，都坐下！所长很激动。大家跟了我这么多年，出了不少力，没少挨批评，我也没给大伙什么好处，前几天儿子从外地带回一瓶名酒，那天我知道乡长不在家，故意拿着到乡里走了一圈说是找乡长，好让乡长知道我有一瓶好酒要送他。这不今天我的退休手续批下来了，说什么我也留下给大家开开荤。别小看了这酒，过两年不敢说，现在连乡长都喝不起，他一月才挣几十块钱？再说，有钱也难买！

四人都不说话，好像在想心事。

哎，怎么都不说话，来，李四，把酒打开！

李四接过酒，脸上神色不定，王嘀咕站起来一把抢过：我来！

怪了，打不开！哎呀！一不小心，那瓶酒掉在水泥地上，摔得粉身碎骨。

众人一齐埋怨。所长大度地笑笑：他又不是故意的，别急，我还有备用的！我虽然不喝酒，也要闻一闻，茅台酒不就是故意打破瓶子让酒味吸引评委才获了奖？咦，怎么味不大？

这……李四、王嘀咕都面红耳赤。

所长，你是不是有点感冒？感冒了嗅觉就不灵敏了，听你话音好像鼻音很重。王嘀咕赶忙接话。

李四赶紧把所长的另一瓶白干酒匀成四份。

待所长外出如厕，四人都有点醉了，王嘀咕用手指着李四，拿眼瞪着：你说……

李四沉不住气了：别怨我，当时我可是换成了白干，怎么到你手里没一点酒味？

王嘀咕诡秘一笑：就是，我就奇怪，怎么老窖喝出白干味，肯定有鬼……

那两人才明白是这两个家伙把先后把所长的酒偷喝了又换上白干和水，起身要揍他俩……

王嘀咕连连讨饶：弟兄们，我不是恨不过吗，这么好的东西，怎么能给那样的乡长喝。真要给他喝，水也糟蹋了！依了我，当时就给灌上一瓶驴尿，不过，幸亏没那样……

是啊，任何时候，对任何人，做任何事，要留有余地……李四深有感触。

狗　异

本来忠心耿耿的看家狗，却突然对主人不忠，处处与主人对着干，这到底因为什么？这条狗能斗得过主人吗？

夜幕降临，牛羊归圈鸟归巢的时候，李歪歪却骑个摩托车悄无声息地出了门。一边走一边往回看："可别让二发那鬼东西跟来。"

二发是李歪歪家的一条狗。为防备二发捣乱，他专门买了一个狗链把二发拴得牢牢的。

李歪歪之所以如此命名，是因为村主任大发在承包地问题上没让李歪歪占便宜，还在不同场合批评李歪歪，歪歪便恨之入骨，将自己的狗称作"二发"，意即大发的弟弟，大发虽然不舒服却又无可奈何：人家给自家狗起名，又没直接叫大发，犯不上侵权。

　　说起这个二发，却是有些神奇，据村里人讲，这只狗能区分好人坏人。早先对李歪歪忠心耿耿的，见到李歪歪就摇头晃脑转尾巴，李歪歪指东从不向西，可最近不知咋的，不仅行为反常，对李歪歪的话经常爱理不理。李歪歪最近交了一班狐朋狗友，经常来拉歪歪喝个酒耍个小钱的，每当这些人来，二发常堵在门口不让那些人进来，直到李歪歪出面驱赶还不依不饶。李歪歪气急败坏，几次想把二发卖了，妻子死活不同意，说李歪歪敢卖二发就和他离婚。

　　李妻对二发有特别的感情：这只狗通人性，讲义气。那回李妻走娘家回来晚了，路过一片玉米地，突然出来一人欲图谋不轨，李妻绝望之时，二发从天而降，飞身扑向那人，吓得那坏蛋屁滚尿流地跑了。

　　二发见了村里人，总是摇头晃尾的一点也不凶，小孩子怎么逗也不恼，可一些不三不四的人就不敢靠近：还没近前就龇牙咧嘴满脸凶相，那些人吓得赶紧躲开。更奇的是，据说一天夜里一个蟊贼趁李歪歪一家外出潜入李家欲行窃，忽见一穿褂戴帽的小人站在对面，夜色中看不分明，靠近才看到三分人七分鬼的样子，当时吓得魂飞胆破夺身而逃，事后回忆怎么看怎么像一条狗，可一条狗怎么会学人的样子穿衣戴帽的？

　　李歪歪一边走一边费心思：这些日子，二发怎么了？

　　村人都说善有善报，恶有恶报，不是不报，时候未到。每当听到这话，李歪歪总是不可捉摸地一笑。

　　李歪歪原来也是种地出身，可种来种去不好好琢磨种地，却去琢磨一些不该琢磨的事，他不知从哪学会了到野外支电网捉野兔，噢，歪歪想起来了，自从开始捉野兔，原来忠心耿耿的二发明显与自己生疏了。

那天歪歪逮了一对野兔，放在笼子里，本来活兔到集市上可以卖更高价钱，但没想到，第二天这对野兔不见了，四下也不见痕迹。当时李歪歪就怀疑是二发吃了，但一想二发不会连皮吃掉，不会一根兔毛不见，肯定被人偷走了，可是门是关得好好的，丝毫没听见动静，如果真有人来，二发还能不叫？想来想去，歪歪觉得只有一种可能：二发把兔子放跑了。后来类似这样的怪事还发生了几回，李歪歪就对二发产生了怀疑和警惕……

李歪歪决心干一笔大买卖。到了一个村子村头，歪歪拿出他最近购置的得力武器——上了毒药的弓弩，埋伏下来，又抛出诱饵，果然吸引了几只狗过来。歪歪弓弩连发，大获全胜，不长时间摩托车后座上就多了三条狗。李歪歪得意扬扬：撑死大胆的，饿死小胆的，轻轻动动手，连夜送到联系好的城里狗肉馆，几百元就要到手。正当他得意扬扬地准备骑上没熄火的摩托车溜之大吉时，不由心一惊，车钥匙不见了！

这还不算，一只狗在不远处没命地叫开了。听那叫声就是二发！由于在村头，狗的狂吠引来了不少村人，看到手电光由远而近，李歪歪吓得弃车而去，连价值上千的摩托车也不敢要了。

没命地逃回家，却又惊出一身冷汗：那摩托车钥匙就在家中桌子上！

妻子问他脸色为何如此难看，李歪歪却阴沉着脸问：二发呢？

妻子说二发在那没命地叫，只好把他放开，刚放开，就出去了。

肯定是二发干的！

李歪歪气急败坏地拿起棍子，只想一下结果二发！可一直到第二天，不见二发的踪影。这时有人敲门：派出所的两名警察根据他的摩托车登记信息找到了他。

李歪歪挨了罚还被关了五天。

李歪歪在拘留所里就发狠：一定要弄死二发！

二发一直没回来。

二　憨

快要娶到家的媳妇飞了,到手的钱财又推了出去,二憨为什么憨,到底憨到什么程度?

二憨心眼实，人厚道，办事喜欢直来直去，无论给谁干活都不惜力气。古夷村里，不论谁提起二憨，都夸他实诚厚道。

大集体那会儿，重活儿、脏活儿、别人不愿干的活儿，不用队长安排，他都主动上前争着干，差不多一人顶两个人。世界上没有十全十美的事，二憨人品好，身体也结实，可就是模样儿不大中看，直到二十七八了才好不容易处上个对象。女方见二憨有个头儿又有力气，也就取长补短不大计较，很快就到了谈婚论嫁阶段。

见二憨婚事有了着落，爹妈心里美滋滋的。那天二憨爹买上礼品让他去未来岳父家送"日子"（用红纸写明男女双方姓名、生辰八字、结婚日期等内容），丈母娘一见，乐颠颠地炒上几个菜，还烫上一壶酒招待。二憨见岳父未归，又急于回家干活儿，便先行一步用餐。想着两家是实在亲戚了，二憨就办了个实在事，不顾岳母一边相让，那酒菜一动未动，留给岳父享受，自己动手把那汤汤水水凑了凑，又找来杂七杂八的干粮泡上老大一碗，狼吞虎咽吃开了。正吃着，岳父回来了，一见二憨那吃相，登时耷拉下脸。岳父又和二憨谈及婚后分家单过一事，二憨却一万个不同意：那不成，俺爹俺娘苦了一辈子，如今他们年纪大了，俺不管谁管，人家都说山老鸹尾巴长娶了媳妇忘了娘，俺可不愿当山老鸹。岳父脸色更难看，"日子"也没收，一门亲事就这么黄了。

一晃几十年，二憨也成了孩子他爹，但泥人改不了土性，一直憨昧不改。虽说到了改革开放年代，可二憨习惯了土里刨食，外出做买卖进城打工都不适应，便打起了种树的主意。村里的山岭薄地不少，大大小小几十座山头没人管，有一大半长年光秃秃地立着。这年秋后二憨找到村主任想包下一面坡来种树。村干部一商议，二憨是个老实人，干事着实，把山交给他，能整出点绿模样也给村里长脸，就决定给他整整一座山头，头十年不收费用，以后如果树成材了象征性地交点儿就行。二憨一听，却不同意：那不行，亲兄弟也得明算账。这地荒着闲着也是集体的，怎么着也得签下个合同。这样吧，头几年少交点，以后有了收益我就和集体分成。村干部叹其诚憨，又格外开恩，把山下村里的一块取土场子一块给了他，好种点庄稼先顶顶头几年的承包费。

二憨大张旗鼓地干起来。买来石灰，在山上到处涂抹，表示这山已有主人，又请人写上"封山育林"四个大字，有空就上山挖树坑，没白没黑地平整取土场准备作苗圃。那天正干得起劲，一下挖出一件东西，二憨忙小心地往下挖，结果挖出一堆叫不上名字的铜铁物件。村里几个有学问人听说了，过来一看说这是文物，是值钱的宝贝，二憨这下发了。二憨不大相信一堆废铜烂铁有这么邪乎，但还是半信半疑地说，不管是宝贝还是破烂，咱该要的要，不该要的不能要。让支书打电话联系，上级来人一看，竟然都是难得的宝贝，还说是什么春秋时期的，填补了一项文化空白。那堆宝贝就交给了县上文化部门。村里和二憨都得到了一笔奖金。

有一天，村里来了一位穿着打扮都很不一般的人物，点名要和二憨谈谈。原来，二憨的事上了报，二憨的大幅照片和事迹《这才是真正的中国农民》随报纸走进了千家万户，这位城里企业家读到文章，一下被二憨吸引了，感其诚憨，要和二憨合作开发荒山，还要把这里的农产品卖到外国去。没想到二憨却不同意，提出条件让企业家多开发几座荒山，让老少爷们都跟着沾光。企业家笑着点点头。

挖掘机之类的大家伙在几座山上忙活个不停，挖出一条条沟带，又在山顶建了好几个大蓄水池。山上分层次种上干鲜杂果及用材林、风景林，还间作上成片中药材，搞起了绿色养殖。二憨和老少爷们儿在家门口帮着经营挣工资，没几年就成了名副其实的花果山，产品专门申请了"二憨"牌商标，真的销到了国外，成为一个响当当的品牌，外国人用了都一个劲儿地夸。

目击证人

村主任和村民打官司，郑修法是唯一目击证人，一方是有权有势的村主任，一方是惹不起的"刁民"，法庭上，郑修法会怎么做证？

俗话说十年河东十年河西，当初村主任见了郑修法就讨厌，几回想借故修理他一下，如今却不得不放下架子去求人家。

郑修法是村里有名的一根筋，说话做事喜欢一竿子到底，特别是在村里一些大事小情上喜欢对村主任"戗毛"，持不同意见，村主任几次想拿他杀一儆百，却因他很好地遵守法律底线无可奈何。

这回，村主任想请郑修法给自己当一回证人。

那一天，村民苟三借着一股酒劲儿闯到了村办公室，对村主任不顾村民反对就处置集体资产的做法不满意，和村主任理论。村主任一见，气不打一处来，冷不丁把办公室里的桌子掀翻，把茶壶暖瓶什么的摔碎一地，没头没脑地把苟三一顿穷揍。这还不算完，村主任又让村委干部作人证，用碎家什作物证，电话打了110，结果苟三被治个扰乱办公秩序罪，又拘留又罚款的好一阵折腾。

苟三酒劲一过，后悔自讨苦吃，心想既在屋檐下不能不低头，见了村主任就远远躲开。在外打工的苟三儿子听说这事，一百个不服气，老爹有错你可以批评教育，不能动手动脚，你一村主任，要依德服众，不能用拳头征服群众。越想越生气，趁个黑夜潜回村一角落候着村主任噼里啪啦收拾了一顿。

本以为做得天衣无缝，不想世上没有不透风的墙，这事恰巧让郑修法撞见了。村主任吃了大亏，自然不甘罢休，怒火冲天把苟三儿子告上法庭。苟三儿子却死不认账。当事双方各执一词，法庭无法定论，官司陷入僵局。

村主任特意带来两瓶好酒，又许下诸多好处，郑修法却坚决不收。村主任又拿出一份材料要他签字画押，以证明那晚的事，郑修法说签字画押就像杨白劳似的，再说我也不认识字，你写的什么我也不明白，我随便画个押太不负责了，不过无论走到哪里，无论谁问，我都会实话实说。村长闻言大喜，那好，你就到法庭上证明这事，一切费用算我的，再另外给你算工钱，反正那事你碰见了，实话实说，这也是一个公民应尽的义务。郑修法被缠得没办法，只好答应当证人。临走，村主任再三强调：这事不难为你，实事求是就行。郑修法点点头：好，我一定实事求是。

媳妇却不愿让郑修法出面，但是见郑修法已经应承下来了又没办法，就试探着说：要不咱借个因由出去躲上一阵，谁找咱也不理这个茬，两头都不得罪。

郑修法父亲听说这事也来劝：要不，你出去打工躲躲这个事，省得他们一个劲儿地找你。老话说得罪队长干重活，得罪会计用笔戳，虽然村主任做事不大地道，但毕竟管着这一亩三分地，咱得罪不起，可凡事有个前因后果，苟家儿子这样做也是情有可原，你如果实话实说，苟家父子肯定吃官司，这事还真叫人为难，这真是去也不是，不去也不是，老鼠夹进风箱里，两头不好受。

郑修法却不大在意：反正我就认准了一个理——实事求是，谁也奈何不了咱。

晚上，苟三儿子也来了，涎着脸套近乎求郑修法不要出面做证，并说上回我爹白挨了一顿打还委屈着赔了钱，这回只要你不出庭作证，村主任就没办法。郑修法说这事赶到节上让我碰见了，村主任也来找我，不出面说不过去。苟三儿子让郑修法找个机会躲一躲，郑修法说我能躲到哪里去，苟三儿子听到这里变了脸：你还真就一根筋认死理助纣为虐，别光想着抱驴腿，小心挨踢！村主任这样行事不得人心，下届村主任还指不定是谁。

郑修法却不为所动：你也别吓唬我，谁爱当家谁当家，谁当家也不能影响我过日子。反正我是毒人的不吃，犯法的不干，走到哪里都实事求是。

苟三父子只能自叹倒霉，硬着头皮上法庭，苟三儿子连罚款都备好了，还做了进拘留所的准备。

法庭上，村主任诉苟三儿子趁黑夜打人，要求赔偿治疗费、误工费、精神损失费若干，苟三儿子却反咬一口：听人说是村主任那晚喝醉酒，跌跌撞撞的弄了一身伤，因为村主任和我爹有矛盾，正好碰上我，就讹人。要说伤，我身上也青一块紫一块的，那是打工落下的，我要和村主任一样的心眼，岂不也去讹别人？我要法庭治村主任的诬陷罪，赔我精神损失。

村主任隆重推出证人郑修法，指望以此定乾坤。庭长问郑修法：原告说整个过程你最清楚？郑修法摇头。庭长又大声问一遍，郑修法才点头。庭长说做伪证要负法律责任。郑修法大声说，我历来有一是一实事求是一股死驴撞南墙的劲儿。庭长接着问，苟三儿子到底打没打人，郑修法说，我有夜盲证，最近还耳朵不大好，到了晚上两眼一抹黑，什么也看不清、听不到……

村主任傻了眼。

苟三父子窃笑。

庭长当庭判决：事实不清，各执一词，双方请求，均不支持。

第二辑　假奖真情

导读童年的情怀最纯真，少年的情怀最真挚。一位好老师，是我们一辈子最大的幸运和幸福，有一天，当我们蓦然回首，不由庆幸当初的邂逅。师者传道授业解惑，而传道，永远是第一位的。

高明的教师，是塑造人的灵魂，而不是制造考试机器。

那年十七岁

夜里到我学校果园里偷苹果，被办事执着的看园人捉住，并请校长来处理，不想校长没批评也没处罚我，你想知道我有什么高招吗？

淡淡的月光下，静悄悄的果园里散发着诱人的香味，一个个苹果在枝叶中探头探脑，向我微笑，招手。我极力控制住紧张，一边给自己打气，一边小心地采摘，生怕弄出什么动静。

明天学校就要放假了。同学们都兴奋地外出采购，为回家做准备。我除了回家的车费已身无长物，给辛劳的父母带点什么礼物？我忽然想到了学校紧挨着果园。果园是我们这所中专学校的劳动基地，我对那里的一切太熟悉了。眼看着苹果一个个由小到大，由青涩变得红彤彤的，探头探脑像顽皮的小孩子在逗人玩，实在太吸引人了。经过激烈的思想斗争，我给自己打气：就摘几个孝敬父母，算不得偷，陆绩怀橘还传为美谈呢！

"千万别让人碰上！"我一边心里默念，匆忙摘了几个苹果放进口袋刚想走，突然，一道手电光照过来："谁？别跑！"

我脑中一片空白。稍一镇定，见是人称"铁面人"的学校值勤干部肖震天。我知道求情也没用，只能木然地按他的要求行事。心里一遍遍念叨：完了，这下完了。

我木偶似的被扯到值班室，肖震天拿出审判官的架势问我是哪个班的，为什么半夜出来做贼，见我不作声，便狠声狠气地说："老实待着，别以为不说话就拿你没办法，我先汇报带班的刘副校长，让他找老师来处理！"

幸亏是半夜，师生都已入睡，不然不知会有多少看热闹的人。可一想到刘副校长来了，心里急得不行：这回肯定轻饶不了，弄不好要在全校师生面前作检讨，还要背个处分，今后这脸往哪里放？这学校还怎么待？当时我为自己设想了无数种未来，真恨不得有什么特异功能让自己从这里消失。

刘副校长来了。他平时不苟言笑，一举一动都中规中矩，对师生要求十分严格，连生活中的一丁点小事都要纠正。每次去果园劳动，他总是给我们讲锦州战役的时候，战士们又累又渴，可面对抬手就能摘到的苹果却一个也不动，今天这事……

我惭愧地低下头不说话。

"这学生年龄不大，人可死硬，都人赃俱获了，到现在一句话也不说，校长你来问！"肖震天上前拉我。

"轻点儿，别莽撞！"刘副校长制止了肖震天，"我来看看！你说的赃物在哪里？"

"这不，都在口袋里，好几个！校长来了，你还硬！"见我不说话，肖震天插嘴。

"对待错误要惩前毖后，治病救人，但也决不能姑息迁就！"一听校长这话，我心里暗想：碰到茬儿上了，肯定轻饶不了。

"对！对！"肖震天连忙附和。

"咦——，你——"刘副校长和我一对视，认出了我。那天下午打扫卫生，我从成堆的垃圾中往外拣牙膏皮，刘副校长看见，问我的名字，拣这干什么用，我说这个扔了可惜，回收可以卖点钱，也算是废物利用。刘副校长问我为什么这样做，我不好意思地说家里生活不宽裕，攒几个钱给弟弟买本子用。刘副校长没再作声，只是深深地看了我一眼。

"怎么回事？唔，对！对！你看他的眼神还迷瞪着，没有完全醒过来，肯定患有夜游症！还好，被你发现了，不然，到处乱走，很容易出危险！"刘副校长顿悟一般地说。

夜游症？！我什么时候有过这毛病？我立刻明白了刘副校长的用心。天哪，没想到事情会出现这种结果！虽然在黑夜，我的眼前立刻升起了一轮灿烂的太阳。

"怎么可能？这……"肖震天心有不甘。

"夜游症多数是心理原因造成的，别惊吓了他。还有，千万别告诉任何人，免得给他造成更大的心理压力！这样吧，交给我，明天我安排找人给他诊治一下！"刘副校长认真地叮嘱肖震天。

事情就这么结束了，我有点不相信。

"走吧，"刘副校长拉起我，一直送到宿舍附近，"小心点，别影响他人，快去睡吧！"

回头看了一眼刘副校长，我心里似乎有千言万语，但又不知从何说起。从此，我的"夜游症"再没犯过。

那年，我十七岁。

红月亮

月亮本来都是黄的，留守儿童陈浩歌却把月亮画成红色的，你知道因为什么吗？出人意料的是，这幅画竟然在全县书画比赛中获得一等奖，又是因为什么？

乡村的夜色着实迷人，天像洗过一样晶莹，圆月高挂，银色的光水一样泻下来。

欧阳教授一行把车停在村外，悄悄向村内走去。

空气中透着清新和庄稼的香味，众人忍不住使劲嗅嗅鼻子，同行的吴老师还不忘说上一句："乡村的月亮和城里的一个颜色吗！"

欧阳教授没作声，带着大家继续往前走。

古夷县举行的"中国梦"小学生书画大赛，有幸请到了家居省城来古夷考察的教育家、书画大师欧阳教授作评委主任，欧阳教授德艺双馨，热心慈善公益事业，对儿童教育更是热心，推掉了多项邀请，专门挤时间帮助评奖。

参赛作品有数百幅，这些作品用笔虽稚拙，但琳琅满目，新奇的构思，生动的笔法，透过书画表现出的灵性，让人爱不释手。其

温暖满屋

中一幅画更是引起了欧阳教授的注意：画面上是一位白发老妇人坐在院里仰头看月亮，旁边一个小孩指着天上红红的月亮仿佛在提问，身旁有一大串捡来的知了龟，几只鸡宿在院中矮树丫上，还有兔羊在悠闲地咀嚼，整幅画构思巧妙，生动传神，富于生活情调，署名陈浩歌。众多教师一致提议评为一等奖。

然而，吴老师却提出疑问：这幅画美则美，只是不符合基本常识，月亮不是红色的。绘画是美学，但也得讲科学，不能一好遮百丑，否则会产生不好的影响，还应谨慎为好。见说，有人表示赞同。

评委就此展开热烈讨论：有的说这是富于浪漫主义；有的说可能是误涂了颜色，毕竟瑕不掩瑜；有的说月亮有时也是红色的，这是抓住了事物瞬间的特定特征，比单纯的写实更有意义；有人就说要为众多的学生负责，不能因为一个人误了大多数，为一幅画费这么大劲，不值，还是先搁置起来为妙。

众人的眼光一齐汇在欧阳教授身上。欧阳教授坚决地说："有时候，一件事，对一个人，就是百分之百，也许会影响他的一生。我们要为每一位参赛学生负责。"沉顿了一下，欧阳教授提议说："生活是艺术的源泉，今天是农历的九月十五，正是赏月的大好时机，我久居省城，一直想看一回乡村夜景，我们不妨搞一回夜游，实地察看一下，乡村的月亮到底是什么颜色，顺便访问一下那位小作者，这里面有什么特别的玄机，岂不更有意义？"

于是，根据作者留下的地址，一行人来到了离县城几十里的古夷村，一路打听来到了陈浩歌家门前。

院里正有一位白发老人坐在那里，院中矮树丫上几只鸡在安歇，兔舍里几只兔子正在津津有味地咀嚼着，这不正是画中的场景吗？

听见有人来，老人直起身来问了一声，听说是找孙子的，忙招呼欧阳教授他们坐下，并说孙子出门了，一会儿就回来。

众人这才发现，老人眼睛看不见。交谈中知道老人得了白内障，好几年了，一直没能去做手术，前些年家里刚修了房子，没成想老人又得了一场大病，花光了家里的钱，儿子媳妇一块出去打工去了，只在农忙时节回来。老人说："家里就我们娘俩，我什么也做不了，孙子每天放学回来，要自己做饭，准备好明天的饭菜和上学带的，还要外出打草喂羊喂兔，因为家里穷，孩子电话舍不得打，电灯舍不得用，还坚持喂兔养羊，有时夜晚还要出去捡知了龟卖了补贴家用。这孩子，唉……"

"奶奶，我回来了！"陈浩歌背了一大捆草，手上还牵着一只羊，几只小羊跟在身后。欧阳教授他们忙帮陈浩歌放下草，让他先安顿好牲畜。只见陈浩歌麻利地拴好羊，给兔子撒了草，又洗了手，把饭摆上桌，扶奶奶过去坐下。然后过来招呼客人。

知道这么多老师是为自己那幅画而来，陈浩歌有些不安：给老师们添麻烦了。欧阳教授安慰他："我们也是为了看一回乡村夜景，再就是想见见你。我们都不明白，乡村的月亮有时是红的吗？"

陈浩歌笑了："这是我想的！我总觉得时间不够用，每天放学回来有那么多的事等我做，我爸爸妈妈也是这样，白天干一天，夜晚还要在工地上加班，前些日子由于天黑爸爸不小心从脚手架掉下来扭了腰，幸亏当时还没爬到高处……我就希望呀，夜晚的月亮能和太阳一样明亮，奶奶也能看见月亮，我能在月亮底下多做一些活计，爸爸妈妈在工地上干活能看清周围也就安全多了。"

欧阳教授眼睛湿润了，他动情地搂住陈浩歌："孩子，坚持住，一切会好起来的，你的愿望会不断实现的！"

几天后，县医院来人把陈浩歌的奶奶接到县里做了复明手术，欧阳教授承担了一切费用。由欧阳教授倡导的古夷留守儿童关爱中心开始筹建。全县小学生书画比赛结果出来，一、二、三等奖和优秀奖的作品在县文化馆展出，陈浩歌的那幅红月亮获得了一等奖，旁边还附了一长篇采访记，城里许多家长听说，都专程带了孩子来参观受教育。

眼　睛

乡村教师李怀志想辞去这个"鸡肋"之职，却因为一双眼睛打消了主意，他的人生也因此柳暗花明。这双眼睛里有什么秘密？

临下课，李怀志鼓足了勇气表白："同学们，我在东北有个亲戚病了，需要我去照看，时间长短不好说。这两天同学们暂时先在家休息吧，乡中心小学很快就会想办法的！"

李怀志是古夷小学唯一的教师，这里山高地瘠条件差，教师们没人愿意来。李怀志一人挑起教育全村几十个学生的重担，集校长、教师、教工于一人，每天天不亮就敲响学校的钟声喊亮山村，带着学生们升国旗唱国歌读书练字搞体育活动，上课了又分门别类的分年级给几十个人分别讲课，把个学校搞得有声有色的，乡里几次统考，他教的学生成绩都在上游水平。为此，中心小学校长没少表扬他，村里老少爷们更是看重他，觉得自己孩子跟他上学叫人放心。

李怀志一次次想离开，又一次次留下了。他的眼睛又一次停留在金小铭身上。这是个聪明绝顶的孩子，可惜，家庭不幸，父亲外出打工出了意外，过早离世，母亲受不了家庭的贫困和压力，默默地离家出走，不知下落。如今金小铭只好和爷爷奶奶一起过活，而爷爷又因为年轻时过多贪恋烟酒得了半身不遂，家里连吃饭都成问题，更别谈供孩子上学了。是李怀志一次次上门做工作，承诺学校免除一切费用，这才保证了金小铭没有失学。每次统考，金小铭几乎都是全乡第一。李怀志相信，也许，中国未来的科学家工程师阵营里，就有金小铭一席之地。他明白，只要自己一走，乡里很可能就把古夷村小学并到山下的村子，学生上学不方便不说，有几个学生——特别是金小铭很可能因此失学。想到这，李怀志又踌躇不已。

"当民办教师，一月挣仨核桃俩枣的，要脱贫得等到猴年马月！你要是不去，咱就分开过。"这回，妻子下了最后通牒，要他去县城跟娘家哥学做生意，人家那里正好缺一个体己管账的，李怀志去了，人家指头缝里漏点儿就够李怀志一家受用的。不然，离婚各过各的。

李怀志一夜没有睡好，现实的无奈逼得他只好妥协，辞职信都写好了。

那边，妻子也是一夜没睡，默默地为他准备行李。

学生们一听老师要走，一下炸了锅。都说一天也舍不得离开老师，一双双眼睛深情地望去，李怀志赶忙低下了头。

金小铭举手站起来说："老师，我有个好办法，让你的亲戚到咱村，你排个值日，让我们每家轮留帮你照看。你就不用去东北了！"

小伙伴们齐声赞同。

李怀志眼睛湿润了："谢谢同学们，容我再想想看。"

第二天，李怀志又准时起床，早早赶到学校。

令他没想到的是，还没敲响钟声，一大群孩子早都来齐了，看到老师没有走，一齐欢呼着跑进教室。

妻子默默地打开那准备好的行李："其实，我早知道会是这种结果。"

一年后，李怀志被评为地区先进教师，又在全县教师整编中第一批转成了公办教师。

几个守不住寂寞离开的民师对此很是眼红，问李怀志为什么不怕老婆离婚坚持留下来当孩子王，是不是早得了领导的内部消息。李怀志说："我是怕那一双双纯洁又渴望的眼睛，特别是金小铭那双眼睛，如果就那样离开，也许就没人继续替他交学费……"

"金小铭与你有什么特殊关系，莫非是你婚外……"有人打趣。

"他爷爷曾当过村支书，因为我家出身是富农，过去老是和我们家过不去！"李怀志仿佛在说一段别人的往事。

听罢，那几人不由竖起了大拇指："以德报怨，你，确实了不起！好人就该有好报。"

退休教师的理想

退休教师高嘉树回村办幼儿园，他不图名，也不图钱，他到底图什么？

"高嘉树要回村办幼儿园了！"消息很快在古夷村转了好几个来回。

"不缺钱不差名的，他还图个啥？"村里人都在猜测，议论。

高嘉树是从古夷村走出去的，如今从镇小学离了岗，在镇驻地也有了自己的房子，儿女都成了才在县城工作，古夷村似乎离他越来越远，谁料高嘉树又生出了奇怪的想法——回村办幼儿园。

近两年乡村小学合并，古夷村幼儿园也停办了。因为这是个出力不讨好的活儿，一般人不愿涉足，村里的孩子要么送到外村上幼儿园，一有个刮风下雨的十分不便，要么在家"放羊"，老少爷们都望眼欲穿地盼望有人能办幼儿园。高嘉树和村支书商量将原村小学租下来，自己出钱买设备改建，聘请了幼儿师范毕业学生小梅当教师，又把婆娘叫来当杂工，有模有样地办起了幼儿园。

事情刚起步，幼儿园就遇上第一个麻烦：新任村主任要关幼儿园的门！原来村支书落选后，新任村主任曾是老支书的对立面，新村主任坚持一个朴素原理，凡是敌人反对的，我们就要拥护，办学是老支书支持的，新村主任自然反对。于是决定收回学校，给幼儿园锁门。学生家长愤愤不平，表示要带孩子去村主任家"坐班"。清高了一辈子的高嘉树劝住乡亲，低下了高贵的头，自己提了烟酒去新村主任家说好话，幼儿园才得以继续开办。

有人感激，也有人犯嘀咕："他到底图个啥？"

在村人的疑惑中，幼儿园果然出事了：上级派工作组来查高嘉树的账。原来是有人反映幼儿园收费过高、牟取暴利等。工作组仔仔细细审验后，发现高嘉树不但没赚钱，居然收支"倒挂"，每月反倒搭进去不少。这下，工作组也疑惑了，问到底是怎么回事，办这个幼儿园，到底图什么。高嘉树说："我如今不愁吃不愁穿的，就是想为老少爷们干点实事。"后来才知道是镇上一个同行想挤对他暗中告黑状。

有人还不大相信："不为钱，那就是为名声！不信走着瞧，他肯定不是真心对待咱们的孩子！"不久，这些人就为自己的想法脸红。

那天高嘉树和小梅正带小朋友们上课，突然就觉得有些不对劲儿，先是一切出奇的静，接着天昏地暗，乌云黑刺刺地压上来，夹杂着不可名状的声响，天地一齐抖动……龙卷风！高嘉树的心一下子抽紧了，忙冲进教室和小梅、媳妇一块将孩子转移到院中双手护头趴下。当他最后一个走出教室，一阵剧烈的响动，屋后的大树竟倒向房屋把房顶压塌，差一点把他砸在里面。

高嘉树觉得一辈子就干了些平常的事，英雄只是心中的一个梦，没想到这回竟被当作英雄对待，并平生第一次上了电视，接受省里记者的采访，心下竟有点激动。下面是采访时的问答：

"你在关键时刻挺身而出保护学生是怎么想的？"

"没怎么想，作为父母，算是一种本能吧！"

"经历这场灾难，你最大的感受是什么？"

"幸亏龙卷风中心没经过村子，否则可就惨了！"

"你现在的最大愿望是什么？"

"抓紧重建，把幼儿园办下去，别误了孩子读书！"

"你为什么这么迫切地办幼儿园？"

"教了一辈子学，孩子已成为我生命中的一部分，我觉得，和孩子们在一起，生活才有滋味，生命才有意义！"

九岁那年的阳光

因为家庭困难，本来没机会到学校读书，却因为一缕灿烂的阳光，让我获得了读书的幸福。这道阳光来自哪里？

天乌蒙蒙的，淅淅沥沥的小雨下个不停，没法上工的父母坐在那里东一句西一句漫无目的的扯闲篇，看来今天又没法外出打草拾柴了。

见无事可做，我悄悄溜出家门，鬼使神差般来到了有咿咿呀呀读书声的村小学。

我是干什么的？我就是个农家女孩子，平日挎起柴筐，随着几个不愿上学或上不起学的伙伴天天到野外打草拾柴，不时还背上粪筐捡粪投到生产队里换工分。什么，你说女孩子还背粪筐拾粪不怕人笑话？不怕，不怕，有句口号叫没有大粪臭，哪有五谷香，说是劳动最光荣，更重要的是，时代不同了，男女都一样。

这是父母为我定出的人生规划：打草、拾柴、务农、找婆家嫁人。

为这一规划父母曾有过的激烈的争论：那天半夜，父母以为我睡着了，又为要不要我上学的事争论起来。母亲说："师傅领进门，修行在个人，她把弟弟哄大了进了学堂，就让她也进学堂认几个字，实在不行哪怕让她上几天学认得自己名字也好，别像咱那样一辈子当睁眼瞎！"

父亲不以为然："这女孩子早晚是人家的人，现在供女孩子上学的有几家？费时费力不说，还得花钱，识了字也不能当饭吃，家里光供他弟弟上学我就承受不了，再让闺女上学，这不是要我的老命？家里锅快吊起来了，还是先顾肚子，就让她拾个柴草帮衬帮衬家吧！"

真是口是心非，这个时候，男女就不一样了！我只能在心里叹气，悄悄地闭了眼装睡。

学校在村里还算好房子，边上矮矮的半截围墙，几个年级的学生挤在一个教室上课，老师给这个年级讲了再给那个年级讲。那个年轻老师是新近调来的，长着一头浓密的头发，一张好看的白皙脸庞，很像电影上的正面人物，见人一笑就露出白白的牙齿，很讨人喜欢。老师就住在教室旁边小屋，白天教完了学生，晚上还要在教室里点上一盏很亮的"汽灯"，教一伙原来没上过学的中年汉子半大小子姑娘媳妇识字，叫作"扫盲"，扫盲班原来在村里已办了好几年，新老师一来，村里人更是喜欢。平时，教室外常有没事的婆娘在那小声指指点点，不知是说自己孩子还是讨论那位老师。老师也不反对，听凭他们监督议论。我到那里就悄悄躲在檐下往教室里看。

咦，老师念书就是好听。只听老师抑扬顿挫，把一篇文章读得特别吸引人。咦，怎么这么熟，这不是弟弟那篇作文吗！

"这回作文，有几个同学写得都不错，特别是范宝柱同学，他观察生活特别细致，用心体会，写出了真情实感，刚才读的作文就是他写的！"

"呀，真好！"同学一阵叽叽喳喳议论。

"范宝柱同学，请你谈一下，你是怎么构思这篇作文的？"

弟弟红着脸，吭哧吭哧地说不出话来："我……我……"

"要不，你再给同学们念一遍。"

"……小草伸着绿绿的软软的手抚摸着我，小花露出红红的小脸，有点害羞似地看着我，小河里流水、流水、流水……"念到这里弟弟忽然结巴起来。

"怎么了，接着念呀"

"这个字我忘了怎么读……"无奈中弟弟说了实话。

"流水 chanchan——"我替弟弟着急，一时失态大声提醒。

老师听到门外声音，开门来看，我一着急，撒腿就跑，不小心被什么东西绊倒，院子里一个小水缸被我碰倒，已碰成两半。天哪，一个水缸要值好几块钱，我可怎么办呀。

一个人上来扶起我，正是那位英俊老师。"你叫什么名字，怎么不来上学？"我摇头。"刚才是你提示？"我点头。"你怎么知道那个字念 chan？"见我无语，他和蔼地说："只要你说出来，我就不罚你还我水缸了，不然我去找你的家长。"我只好如实说："这句话是我帮弟弟写上的。"实际上，我还是说了假话，那完全是我替弟弟完成的任务，弟弟连看都没看，他没想到这篇作文会被老师推为范文。"怪不得有一股柔和之美，那这些字你是怎么认识的？""我天天晚上来看扫盲，我家有《新华字典》，我每天照着弟弟的课本学。"老师用他那好看的眼睛仔细看了我一回，点点头，若有所悟，放我走了。

雨停了，太阳从云缝里露出笑脸。我的心也亮堂起来。

可气的是，老师不讲信用，晚上竟然找上门来。

听老师一说白天的事，父亲表现出少有的激动和紧张："孩子毁坏了你的东西，我们想办法赔。下回我们一定管好，再不让她去影响学生坏了规矩！"

老师赶紧笑道："我不是来讨缸的。我看这孩子是读书的料，就让他上学去吧！相信我老哥，你千万别耽误了孩子。别光看眼下，学文化识字，总会有用得着的那天！"

"老师，不瞒你，我们现在是维持着还能吃上饭，其他事真顾不上！"

"我也考虑了你家的情况。这样吧，上级还给咱小学一个扶助名额，负责学生的书本费用，我留着没给别人知道，你也别告诉旁人，就给你家闺女，这样行吗？"

"老师，你在村里教个学不容易，我们家是富农，出身不好，别让人家说三道四说我们拉拢腐蚀让你下水！"

老师哈哈一笑："富农也是人，毛主席都说重在政治表现，我怕什么，再说我受党教育这么多年，还能轻易被人拉下水？"

老师走了,父母在悄悄议论:"早听人议论过,绝没有扶助这一说,就是有那种好事也轮不到咱这'四类分子'家庭,肯定是老师一心想让孩子上学!"

"咱可别负了老师一片心,只是那书本钱……"

"明天去把那只母鸡卖了,连老师的缸钱一块还了,就说咱不需要扶助!"

第二天,我进了学校。

老师出了几道题目考察了我一回,直接发给了我三年级的书本,我和弟弟成了同一个年级。

那天的阳光暖暖的,真好!

知识的力量

马苋铃俗名称"后娘罐儿",大厚却用一牛车"后娘罐儿"换了十几个马苋铃,你知道这是因为什么吗?

岁月不饶人,当年身高体阔力大如牛的二爷,不知不觉间两鬓斑白,脸上的皮又松又垮形成一道道沟沟坎坎,曾经像松树样挺直的腰杆也弯下去,这还不算,近两月又患上怪病,茶饭不思,精神不振,还一个劲儿地消瘦,家里人忙里忙外,找遍了三邻五乡的大夫,吃了几簸箕的草药,但总是不见好。

二爷以为寿限将至,不禁黯然伤神,思前想后思虑自己走后的事,儿子大厚表面上劝慰父亲,背地里也唉声叹气,树欲静而风不止,子欲孝而亲难存,真是愁煞人。由于心思全放在父亲身上,大厚干什么事也提不起精神，常常魂不守舍的犯迷糊。大厚这天正在家里犯愁，忽听有人招呼，原来是儿时伙伴大明。大明是村里唯一读了几年私塾的，被选在县城衙门当差，回家听说二爷的病，过来安慰大厚：人遇事要转转脑子，别老是用一种办法，咱这里的医生都试了，没有效，你可以到县城去，县城汇仁堂是中医世家，能治各种疑难杂症，去那看看兴许有机会。

听见大明的声音，二爷挣扎着打个招呼，见二爷脱了相又失神的样子，大明不禁吓了一跳，但他还是安慰二爷，去城里汇仁堂肯定能治好这病。二爷听了，眼里闪过一丝火星，但瞬间又熄灭了，用力摇了摇头。二爷土里刨食一辈子，样样农活拿得起，人品脾气没得说，可就是那日子过得老是过得紧巴巴的。那年邻村建起私塾，媳妇商议让儿子大厚去读，二爷连连摇头：山沟沟里，念不念书和点灯睡觉吹灯睡觉一样，白费！结果村里只有大明去读书。大厚虽不知书却也达礼，跑前跑后为二爷张罗。治病借得鼻子眼里是饥荒，二爷不想再牵累家人，就坚持不去城里治病。大厚不管这些，抱着有枣无枣打一杆的态度，早起五更硬把父亲抱上牛车颠簸百多里路进了县城。

名医果然是不一样。汇仁堂老中医望闻问切一番，慢慢点了点头：风寒劳累所致，再拖下去就麻烦了，幸亏来得及时！笔走龙蛇开了十五包药：每天一付，吃了前五包有起色，吃了后十包差不多除根，只是后十包里正好缺少马兜铃这味药，送药人三两天就到，你三天后来取。二爷、大厚见了希望，忘记了烦恼，对老医生千恩万谢，可一问药价又犯了难。老中医见状，明白了一切，和气地说，药先吃着，钱不够先欠着，过两天来取马兜铃时带来不迟。见大厚仍有难色，又把收的钱退回大厚：看你是个实诚孝顺之人，我家正好缺少过冬的柴火，你下次来取药时用牛车顺便带几捆木柴咱就两清了。

果真如老中医说的那样，刚吃了三包药，二爷的精气神就明显见好。大厚赶紧装了满满一牛车枝丫，去找老中医。老中医一看大厚送来的柴火，上面附了很多经霜风干的马兜铃，一下乐得合不拢嘴：好药！好药！这自然风干又过霜经冬的马兜铃效果更好，我怎么就没想到呢？早知道农村有这东西我何必让你多跑这一趟！大厚惊讶不已：敢情这"后娘罐儿"就是"马兜铃"？我们都叫它"后娘罐儿"！老中医和大厚把枝丫上的"后娘罐儿"一个个摘下，又从中选了十个一般大小的递给大厚：后十付药里每付加一个，研碎！又另外给了大厚几个零钱：这是你送药的钱。大厚怎么也不接，老中医说你不要钱就把柴带回去，大厚这才接了。

果然是药到病除，二爷完全好了，还长了见识，回忆过去恍如隔世一般。

病好后，二爷办的第一件事就是把孙子大收送进了私塾。

阶 梯

才气、帅气、骨气毕备的师范毕业生林晓，因为拒绝了乡长女儿追求，被发配到小山村教书，林晓的路会怎样走？

古夷村小学是全乡最偏僻的小学，没人愿意来。

小学里原有一个土生土长的老教师高嘉树，如今，乡里又派来一个青年才俊——林晓。

林晓师专毕业，是个走到哪里都叫人眼前一亮的角儿，才气、帅气、骨气毕备，一分到乡中心小学就被本校教师吴伟丽看上了，吴的父亲是副乡长主抓教育，吴父便托中心小学校长肖德志从中说合，哪知林晓狗坐轿子不识抬举，弄得吴父、肖德志脸比老驴还长。那位副乡长便让肖校长便找了一个冠冕堂皇的理由，把林晓安排到全乡最偏僻的古夷村小学接受锻炼。

高嘉树帮着打理生活用品，照顾饮食起居，又拿自己现身说法，还讲徐特立、诸葛亮什么的鼓舞林晓的士气。林晓也来了劲头，配合高嘉树里里外外清理，买来涂料里外粉刷一新，发挥美术特长写上标语，还专门留出一面墙指导学生涂鸦，每周一更新，学生兴趣一下子上来了。二三十个孩子大小不一要分好几个年级教学，高嘉树拿出十几年的研究成果，指导林晓结合新教育理论探讨复式教学艺术，二人还试着给教育书刊上的同行、专家写信商讨请教，有的专家就很认真地回信，还有的要和他们合作研究。高嘉树、林晓虽身处山乡，却时时和现代教学理论息息相通，终于找到了一个自由挥洒的空间。那年，省教育杂志上发表了一篇长长的《复式教学艺术论》，作者便是高嘉树、林晓。编者还配上了长长的按语，说这是农村教育的新希望。

结合编辑约稿，高、林二人灵光频现，又合作出了一篇篇成果《让学生当课堂的主人》《注意放大每个孩子的闪光点》《情商与智商的培养》……独到的见地，生动的例证，让人颇受启发。只是这些文章发表时，署名全成了林晓。林晓也因此被省教育杂志聘为特约编辑和研究员。林晓后来才明白，邮寄时，高嘉树删去了自己的名字。

县教育局指名要林晓参加现代教育理论研讨会，林晓说这都是高嘉树为主的研究成果，高嘉树轻描淡写地说，那些现代的教育理论我也不大懂，只是打打杂敲敲边鼓，主要工作都是林晓干的，这是青年人尊重我。

教育局长赞叹：真是品行俱佳的人才！亲自拍板把林晓调到县教研室当教研员，没干多久，又被省教育局慧眼选中。

林晓深为感激，利用下乡调研的机会专门看望高嘉树：高老师，这些成果都是我们合作的，你为什么把荣誉全贴到我身上？

高嘉树说：我一根老黄瓜怎么上漆也就那么回事，你却来日方长，走出去天地更宽，我不想让金子埋没；再说如果我也走了，这里没人愿来，学校就得停办或迁走！

林晓含着眼泪，深深给高嘉树鞠了一躬。

班主任余老师

班主任余老师脾气好，是长处，也是软肋。学生有点事，他絮叨个不停，有时还像哄小孩子一样，哭了就给糖吃。余老师会培养出什么样的学生？

余跃洲是我在古夷师范学校求学时的班主任。

余老师特别像方成漫画中的人物，有点像说相声的马季，白白胖胖，个子不算高，两个腮有点大，脸上的肉有点松，顺眉善目的，天生一副菩萨相貌，有时为显尊严便故作严肃崩个脸，却一点不让人害怕。余老师很重仪表，见人一副笑模样，头发成天梳理得一丝不苟。曾有同学见他在宿舍里对着镜子一根根拔脸上的汗毛。

　　余老师教授政治课，擅长讲哲学、政治经济学之类，又写得一笔好字，黑板上的板书会成为学生习字的范本。他的课谈不上精彩，但又中规中矩挑不出一点毛病，课上课下，他都像一个关爱儿女的父亲，又像一个爱唠叨的母亲。每天早上，总是早早来到宿舍催同学起床，每天晚上，又风雨不隔地定点到宿舍查巡。不知什么原因，我在那个十七八岁的年龄晚上不想睡，早上又特别喜欢赖床，每天余老师光顾宿舍便直奔我而来，先是扯扯被窝，又轻轻拍拍身上："谢家树，起床号响了十分钟了！"

　　我们这所学校在乡驻地。余老师的媳妇在乡驻地百货公司上班，余老师却一般只在星期三晚上和星期天回家去住，其他时间都住在学校单身宿舍。那天晚上是星期三，余老师刚查过宿舍，大家以为他一去不回，便又恢复了热闹扯这谈那的。有人说余老师脾气好得像个娘们儿，有人说余老师夫妻生活有规律。我也不甘寂寞，对余老师的名字进行评价分析："余老师名字有点怪，鱼跃海倒好，跃江跃河跃水都行，跃上洲是陆地，有什么好事？"大家一齐欢呼赞同，我也觉得十分得意。这时门"吱"地一响，那熟悉的身影再次出现。余老师杀了个回马枪！我一时无地自容，等着余老师发火。半天，余老师轻咳了一声："什么时候了，还不歇着，别影响明天学习。"见余老师不追究，我怦怦跳着的心才静下来。

　　余老师脾气好是长处，也是软肋。学生有点事，他絮叨个不停，有时还像哄小孩子一样，哭了就给糖吃。就连他亲手选拔出的班干部"八大金刚"，对他也常常是阳奉阴违。事实上，余老师对一些事了然在胸但不点破，即便点破也不让你下不了台，有一种护犊之情。比如那天晚上开班会，余老师再次严肃宣布了班级纪律和学生守则，我们印象最深的就是学生不准谈恋爱，不准抽烟喝酒。

　　"武术大王"杨大兴是个属猴的人，时时处于一种莫名的躁动之中，就像一敲锣就想爬杆的猴子一样，别人一撺掇就兴奋。几个老谋深算的家伙看准了这一点，一有事就拿他当枪使撺掇他出头。回到宿舍，同学们就议论开了："谈恋爱，班里就这么几朵花，狼多肉少的，光班委还不够分的！"同学中有几人包括班长原是社会青年，有抽烟的习惯，怕人发现常常躲在厕所里大过其瘾，现在重申戒烟，口里不说心里反对，就拿话撩拨杨大兴。吴清他爹是厂长，吴清常把别人给厂长送礼的烟拿来炫耀。听人那么一说，便从口袋掏出一盒"大前门"："谁敢抽，就送谁！"杨大兴不知好歹一把接过，早有好事之徒划了火柴给点上。杨大兴正得意扬扬装腔作势地吞吐，没想到余老师一步进来，抓个现行。杨大兴十分难堪，其他人却兴奋得眼里放光，想看杨大兴挨撸的窘态。余老师顿了一下，清清嗓子，在众人兴奋期待中，口头宣布了一项任命："从今天起，杨大兴任我们班戒烟小组长！"

据有心人统计，全班四十人，经余老师口头任命的大小职务有二十八个之多，比如节电、节粮、节水小组长什么的，实际就是负责按时开关电灯、收集剩饭菜、管理开水之类，好事者便戏称为"二十八星宿"。

几十年后，杨大兴龇着一口白牙对我说："多亏余老师让我戒烟，不然，别说这一口牙，连肺也得黑！"

青春讲座

青春期的躁动，催促郑春河做出一个在当时算是惊世骇俗的举动——举办生理讲座，结果被班主任余老师抓个现行，校长表示要严肃处理，郑春河能否绝处逢生？

这些日子，古夷师范七九级一班的一号宿舍显得有点神秘，舍友们有一种莫名的激动和兴奋。

非著名诗人郑春河义务举办生理讲座！

诗人的性格往往叫人摸不透，说不定什么时候就会有与众不同之举。一向颇为自负的郑春河在学校文学大赛中仅仅得了第九名。诗人骨子里的不甘寂寞，加上青春期的躁动，催促他搞了一个在当时算是惊世骇俗的举动——举办生理讲座。

当时形势有点乍暖还寒，作风问题足以和一个人的民族信仰相提并论，性教育处于朦胧阶段，对这一敏感话题一般人也不愿触及，记得当时诋毁政敌的主要手段是散布与之有关的作风问题。记得我们乡政府有个文书，就因被人设局以作风问题免职。教育部审定的课本上，自初中开始设有生理卫生课程，但属自修课，不需考试，一般老师不愿意教，后来上边检查硬性配上个教师，又大多照本宣科，讲到人体生殖系统时，只让学生自学。如此种种，反而弄得更加神秘。我们那班学生，大都十八九岁，正是精力旺盛对什么都新鲜好奇，对异性通常会莫名好感又得不到正常交往途径，见了异性有时则会莫名其妙地脸红。郑春河的举动，一下

温暖满屋

吸引了我们。

郑春河不知从哪弄到一本他说是《新婚必读》的书，每到周六老师不来查夜，班里干部也不在的时候就开讲。班委会"八大金刚"大多离学校较近，每周六他们便回老家住，宿舍里便剩下几个我们远路的同学。到了熄灯时间，郑春河便发挥特长，在被窝里用手电筒照明，用他那特有的语调渲染，给同学讲新婚夫妻如何过性生活，他那不像科普却有点像故事味的讲座，让一班毛头小子血脉偾张……

下周，郑春河继续开讲，一班舍友更是津津有味。我发现几个空着的被窝鼓鼓的住进了人，本以为是"八大金刚"归位，细看却是别宿舍的学兄，不知怎么得到消息前来旁听。

可能明白大家的兴奋点所在，今晚郑春河对那关键部分进行了重播。正在兴头上，班主任余跃洲老师轻轻进来，上前一把把书夺过来，连手电筒也一并收缴："你跟我来一下。"那晚，郑春河很晚才回来。

事后才知道，不知是哪位走漏了风声，让班里团支书田新晴知道了，报告了余老师，并在第二天反映给了金校长。

第二天，金校长郑重其事找余老师谈话，商谈对学生郑春河的处理意见。

没想到，余老师大唱反调："我个人觉得不必小题大做，顶多就是学生违反了作息纪律。"

金校长很严肃，说小小年纪就这么放肆，是作风问题，要余老师将没收的"教材"呈上来视情处理。余老师递过一本书："书店里都有，也就是青春必读之类。既然正式发行，说明传播宣传不足为过。"

金校长接过书，疑惑地翻了一回："我听学生说的内容可不大一样。真的是这本？"然后又自言自语道："这可不在传道授业解惑范围。"

讨论了半天，学校通过余老师，在班会上宣布给郑春河口头警告：不能违反学校作息纪律。

多年后，在一次聚会后喝多了，郑春河一脸神秘地告诉我："作家，你知道当时我给你读的生理讲座是从哪里选的？"

"什么破事，不就是本《青春必读》？"

"什么《青春必读》，我那本早叫余老师藏起来了，那就是后来全国都在查的《少女的心》！青春的冲动真是不可捉摸。怎么样，老兄我算是有胆识的人吧！不过，我特别感谢和佩服咱们班主任余老师，真的，一辈子也感谢！"

三好梦

为了能评上"三好学生"，杨大兴雇人唱双簧上演了一场保卫集体财产的假戏，不想被我识破，我会告发杨大兴吗？

阳刚的杨大兴绝对是古夷师范学校的一道风景。

杨大兴本来身体结实，加上几年不间断的拳脚修为，身体愈发灵活，青春的骚动又让他像一只发情的猴子一样好动，别人不敢做的事，他敢做，别人不敢说的话，他敢说，别人不敢冒的险，他也想试试。

学校伙房里有一胖伙夫，逢到女性单独过去打饭买菜，嘴里就不干不净说些不着调的疯话。金校长生气罚他去烧水，他又故意把水烧得半开不开的，好让校长闹肚子。杨大兴找个借口，一顿皮锤打得他喊爹叫娘。胖伙夫去找班主任余老师告状，余老师光应承不来真的，胖伙夫便找金校长告余老师和杨大兴。金校长将杨大兴叫来，杨大兴假装喊冤说挨了那伙夫的打，他是赚了便宜又卖乖学猪八戒倒打一耙。金校长故意望着杨大兴的身子骨，摇了摇头。伙夫说别看他小，可是练家子会两下子。金校长嘴一撇：毛孩子弄几招花拳绣腿的你也当真。把伙夫狠批了一顿：以后要拿出教职工的样子，给学生做出表率。

临近年底，学校要例行评选三好学生，还准备从学生中发展党员。消息一传出，同学们心都活动起来。谁评选上三好学生，加入党组织，在毕业分配时，无疑是一个很重的砝码，在同学中间也挣足了脸面，甚至于连班里好看的"五朵金花"也得另眼相看。认为自己够条件的就想办法争取，觉得自己差很远的就在考虑该支持谁。班委会"八大金刚"中几人开始活动拉选票。杨大兴也一本正经地说："我也要争取，至少要当一回三好学生。请大家支持我！"

同学吴清一伙故意激他："别开玩笑了。人家不是学习好，就是当班干部能出力，你就是一个戒烟小组长，怎么和人家比。除非你有特殊贡献。"

没想到，杨大兴很快就有了特殊贡献。

那晚下了晚自习，响了熄灯钟，夜深人静时分，突然传来了"嗷嗷"叫声，宿舍的门"咣当"推开。惊醒的同学以为是地震，慌忙起身往外逃，却发现杨大兴顶了一头鲜粪，惨不忍睹，臭气熏人："行行好，快给我冲冲！"有人捂着鼻子，弄了清水给他冲了好几遍，自己又抹了好几遍肥皂，还是一股臭味，以至于过了多少日子见到他，还会闻到一股大便味。

有人赶忙去叫班主任余跃洲老师，余老师惊问怎么回事，杨大兴一边吐着臭水，一边汇报："碰上个偷粪的！"

那年月，全国上下清一色的绿色生态农业，种惯了田地的农民还不大习惯使用化肥农药，农家肥、人的排泄物到处是抢手货。不像今天，还得花钱雇人去挖。当时捡粪是一种职业，一种增收方式，甚至有些人还专门赖此挣工分，乡下，那些上点年纪的，也有青年，甚至年轻妇女，背个粪筐捡粪，更有那辛勤的农人，肩挑车拉的到县城里挨户收集，有的还为争地盘大打出手。当时学校的粪便实行统一管理，有的送进了果园，剩下的便卖出去作为勤工俭学收入，被人偷了去学校就会减少收入。

据杨大兴介绍，他因闹肚子跑厕所，见一人正在偷偷挖学校的大粪，他上前阻止，那人不但不听，还把一锹大粪扣在他头上让他睁不开眼，偷粪人乘机越墙而逃。杨大兴一脸英雄气概地说："刘文学小小年纪为了集体的几个辣椒都敢与坏人搏斗，我学过武术的成年人还怕什么，要不是因为拉肚子闹得身体不好，说什么也不会让那小子跑掉！"

杨大兴的付出得到了回报。第二天课间操时间，金校长借此讲了几句，说这是一种见义勇为的精神，号召大家向杨大兴学习，并将一只杯子作为奖品当众发放给他。

发展党员的指标下来了，班里只分到一个指标，那指标，理所当然地成为团支书田新晴的。在杨大兴见义勇为的第三天，田新晴组织同学开展了一次接受再教育活动，带我们到乡敬老院里为那些老头老太太洗手洗脚打扫卫生搞义务劳动，敬老院专门写来了感谢信，校长专门在全校大会上做了宣传。杨大兴出了名却没得到更大实惠，既没有入围党员，也没能成为三好学生。

我们私下开他玩笑："屁，你以为了不起？护堆臭屎也算见义勇为？"杨大兴只是苦笑。

几十年后，一次聚会上，我再次质疑杨大兴当年"壮举"："现在谁来清理还得给人家送钱，你就是个'护屎'，怎么就成了见义勇为？"杨大兴微醉，显得口不择言："有句话叫少年的心事你不懂，不就为当三好学生，还想，引人注目一回逼的！没想到就奖了那么个破杯子，三好也没当成，还不如我请人出的钱多。"杨大兴这才坦白，当初是请人合演了一出双簧。

我前言不搭后语地说了句："杨朝杰是个好同志。"杨朝杰就是杨大兴请来偷粪的人。

杨大兴一下呆住了："你——原来你早知道？"

"杨朝杰是我的亲戚。"我极力保持淡定。

"感谢你呀，当初如果——"杨大兴有点后怕。

"如果有'如果'的话，咱们还能算知己？"

"兄弟，你让我佩服之至！"杨大兴又一次握紧了我的手。

老师的眼睛

城里来的新教师周星茹对眼睛情有独钟，并因此和村主任不欢而散，周老师为什么会这样，出人意料的是，这秘密竟然与死去的原教师有关……

周星茹给学生上的第一课就是《请爱护我们的眼睛》，布置的第一篇作文题目是《眼睛的故事》，而且时时处处要求学生保护眼睛，比如看书眼睛要离多远，吃什么东西对眼睛有好处，看电视超过一小时要休息一回，不要用脏手去搓眼睛，每天不遗余力两次带学生做眼保健操。

周星茹是李怀志走后从城里来的新教师。

古夷村是古夷乡最贫穷、最偏僻的山村，别说去县城，就是去乡驻地也得走好几个小时的山路。可就是这么个兔子也不爱落脚的地方，村人们有幸遇到一位好教师李怀志，不成想李老师积劳成疾，省城大医院都没能留住他的生命。李怀志走了，村人正在悲伤，却有一位省城来的年轻教师自愿到这里支教。

那天，老少爷们儿像过节一样清水洒道里外收拾，当周星茹随着村主任李大发走进村里，立刻引起轰动。大伙只觉眼前一亮：天哪，这不是那电视里罗京来了？！要不就是电影演员来村里体验生活？那些大姑娘小媳妇更是一个劲儿地瞟来瞟去。李大发介绍说周老师家在省城，是名牌大学毕业生，不怕艰苦自愿要求到我们村来。孩子们围着新老师高兴得像过"六一"节，乡亲们使劲儿拍巴掌，又高兴又担心：就怕好景不长！村里有名的"犟头孙"背地里和人击掌打赌："原来李怀志老师是土生土长的民办教师才能扎住根，这个青年是城里的公子哥能耐得住这份苦？如果不是犯了错误发配这里，肯定兔子尾巴长不了，不出仨月准走人！"

周星茹却没有走的苗头，他挨家挨户走访，一个人撑下三个年级二十几个学生，还忙里偷闲地搞升国旗唱国歌诗歌诵读礼仪训练什么的，古夷村人以特有的热情回报，天天送吃送喝嘘寒问暖，其中就包括"犟头孙"。但他们一直担心哪一天周老师会突然离开。

周星茹果然留不住。那天，乡中心小学的校长突然来找李大发，要调周星茹到中心小学去，并说村小学可以并到中心小学，学生可以在那寄宿，并要李大发服从大局，不能因为一个村的事影响到全乡教育事业。原来，周星茹经常在报纸杂志上发表些诗歌散文什么的，来到古夷村后，指导的学生有三人在全国小学生征文中获奖，总结的教学经验《论复式教学艺术》在省教育杂志刊登，编辑专门加了按语重点推介。李大发想了想，说："这事得看周老师的意见，他要说走，我们也不强留！"哪料周星茹一个劲儿地摇头："学校不能撤，我不走，除非……"校长苦笑着摇了摇头。

没几天，古夷乡乡长又来聘贤，随从的王干事附在周星茹耳边神秘地说了半天，直接和他摊牌："乡里正缺一个能写会画的人，想请你到乡里去做秘书。"哪料周星茹不领情："我目前还不想离开这里。"消息灵通人士了解到，乡书记在中心小学的千金从报刊上迷上了周星茹的文章，当发现心中的才子有如"罗京"就在身边，就要书记成全。周星茹不识抬举，好事自然没成。

对此，老少爷们既佩服又不解：他到底迷恋这里什么？他看上这个穷地方，莫不是他有什么毛病，这里的水土什么的对他有好处，想着想着自己也摇头：不至于……

谁也没想到，受人欢迎的周星茹却不识时务捅了一个马蜂窝。那天李大发的媳妇突发意外送乡医院抢救无效，别人都去安慰，周星茹却提出了一个出人意料的要求……李大发怒不可遏："你到底安的什么心？不是看你教孩子尽心份儿上，我、我、我让你滚出古夷村！"从此和周老师闹僵。

村小学越办越红火。暑假到了，周星茹还是没走。"犟头孙"很慷慨地请打赌的伙计们吃了一桌廉价酒席，并把周星茹请去坐了上宾，李大发也去作陪。李大发借酒陪情："过去的事你别记恨，都是在火气头上闹的。大人孩子都舍不得你！"李大发没了媳妇，忙里忙外没着没落的，孩子也疏于管理，可在周星茹调教下，反倒一天天进步，便从心里感谢这位城里来的小伙子。

众人还是不解，这里到底是什么吸引了这个城里来的青年？

暑假，周星茹要回省城探家，临走前，先来到一个地方——原民办教师李怀志坟前："李老师，我要回省城几天，您放心，我还会回来的！您为了古夷村孩子积劳成疾把命都搭上了，又在省医院捐角膜让我重见光明，我一定守信遵诺，替您看护照顾好古夷村的孩子！李老师，您相信，我要用这双眼睛继续照亮古夷村学生未来的路！"

那边，有一个人，正在偷偷听着，早已热泪盈眶，正是之前曾因动员让妻子捐角膜和周星茹闹翻的李大发。

第三辑　温暖满屋

导读赠人玫瑰，手留余香。世界是个大家庭，离不开相互间的关爱和温暖。当我们真心实意地为他人为社会送去温暖时，却发现，最大的受益者还是我们自己。

还是那句话，善有善报，恶有恶报。只要人人都献出一点受，世界将变成美好的人间。

温暖满屋

建清和前程素不相识，在两个城市读书，都想让打工的父亲与自己一同租房子住，结果双方都先接了对方的父亲一块住。这中间发生了什么？

"爹，天晚了，咱回吧，早点休息。"

建清一边催促爹，一边想，今晚一定弄明白爹到底住在哪里。

"也好，咱爷俩到了住处再接着拉呱。"建清的爹二秋神情里透着幸福和满足。

还能是什么住处？儿子把手伸进口袋，那几张钱硬硬地扎手。他在想，无论如何，今晚也不能让父亲随处投宿，至少找一个廉价的宾馆让父亲歇一宿，明天就带父亲离开这个城市。

前些天，儿子从新闻中发现了疑似父亲的身影，那是这座城市开展清理外来务工人员活动，并将临时蜗居城市热力井下的人劝走并将井口封死。从那批人的身影中，建清发现一个人背影酷似老父，他的心被戳痛了。就在今天，他利用假期来到这座城市，执着地寻找，终于在一个角落找到了近一年未曾谋面的父亲。

相隔数百里，父亲总是定期给儿子打电话，关心地问这问那，唯独不谈自己。儿子关心父亲的身体，更关心他一个人漂在陌生的大城市里之衣食和起居，父亲总是轻描淡写地说没什么，一切都很好。儿子知道父亲肯定是骗自己，他才不会舍得拿钱自己享受，肯定是能将就就将就。儿子多次劝父亲回村，那里有几亩地，还有几间房屋，并说自己通过课余打工基本能自食其力，可父亲坚决不回去。前些天建清又说今年得了奖学金，实在不行，再申请一下助学贷款，工作后很快就能还上，一些费用就不用父亲操心了。"还上，还上，哪里就那么容易，再说，你将来还要娶媳妇持家过日子，趁着还能活动，能帮一点是一点。"父亲坚决不松口，说等到将来儿子工作了娶上媳妇了，就回村经营那二亩地。

儿子劝父亲：在外挣钱也行，你就到我求学的临海市，这样可以就近互相照顾些。可父亲又坚决摇头：到那城市你也不能帮我什么，我一个老头子还会给你带来麻烦，最主要的是，自己在这地方已打开市场，有了一批固定的客户，走了就会失去。

面对父亲的执拗，儿子大胆做了一个决定：无论如何也要让父亲到自己求学的临海市。他悄然做好准备，然后寻父做工作。

温暖满屋

　　远远地，父亲佝偻着为顾客修鞋的背影进入视野，儿子的泪水不争气地涌出。打小，父亲留给他的就是这样的背影。正是这个背影，托起了儿子的幸福，托起了爷俩的柴米油盐。那时节，父亲总是串巷走街为乡亲修鞋，然后拖着疲累的身子回来，用挣回的零零碎碎买这添那。好像从记事起，父亲就不再年轻，背影写满了沧桑，又当爹又当妈拉扯自己。隐约听村里人说，父亲一直未结婚，自己是父亲捡来的。儿子进城市上了大学，父亲也走进了另一座城市拼命为儿子挣学费生活费，每回打电话都显得很轻松。为了节省费用，甚至连过年父子也在两地。

　　父亲惊喜疼爱的目光在儿子身上转了几个来回，疼爱中就有了些埋怨："跑这么远的路，费钱。不过，也好，你不来我还想去看你。"儿子静静地等父亲做完，一块去一个小吃店点上几个菜。父亲一个劲儿地问这问那，说吃不了这么多，让儿子先吃，直到儿子放下筷子，父亲这才酣畅淋漓大开其宴继而风卷残席连盘子都用馒头擦干净。那一刻，儿子的决心更坚定了。

　　"到了。你老不放心，你看你爹到底住得怎样？我上月刚租的，又好住又便宜。"爷俩步行两个多小时，来到了城乡接合部的一处农舍，几间房屋分别被几个人租用，父亲占了正好一间，虽然简陋些，但水电公用厨房卫生间的一应俱全。儿子放心了，长长出口气。

　　儿子刚想坐下对父亲说明因由，一青年敲门而进："大爷回来了？"父亲一见这青年明显有点慌："这么晚了，你——"又连忙介绍："这是我儿子，也是大学生，趁假期来看我。"一边还给青年使眼色。

　　青年知道二秋误会了，忙解释道："大爷，你放心住，我不会赶你的，也不会要你钱，我过来就是和你说一声，明天我就去临海市把我父亲接过来，让他来这个城市摆小摊，你们就住一块好了。"

建清没明白："这是怎么回事？"

二秋这才不好意思地说明因由：自己原来住的热力井被城管封死井口后，一天晚上自己坐在井边叹气，碰巧被这位青年遇见，就把自己领到他为父亲租好的民房内先住着。这位青年也是大学生，父亲是个残疾人，在临海市摆个修车摊挣钱供大学生读书，也是居无定所的，大学生不忍心，趁这学期得了奖学金，就租下了这间房，准备把父亲接过来。

建清不住眼地看大学生："你叫前程？"

大学生一惊："你怎么会知道我？"

"这么说真是你！一进门我就看着有点像，果真是你，你父亲二幺叔常跟我提起你，让我看你的照片，夸你，可自豪了！"

这下，临到二秋和前程糊涂了，建清解释说："我也一样，想让父亲搬到临海市去修鞋，正好一位本市同学家一间房屋出租，我就利用奖学金租下来，这同学还给我打了好几折。一天晚上，我出去偶然见一修车老人露宿一个窝棚下，我就把老人领到那先住着，我也一样，准备让那老人和我父亲同住。没想到这么巧！"

"好心人都想到一块了！"二秋老人感叹不已。

"谢谢！谢谢！"两位大学生的手紧紧握在一起。

三春晖

母子连心。但母亲却一再拒绝儿子请求，坚持不去城里居住。其中原因令人意外。

儿子回村为老邻居贺喜，顺便看一回娘，在邻居那应酬了半天，直到午后才回家和娘说会话。

从儿子进门，娘温暖的目光始终没离开儿子。

娘像小时候伺候儿子一样，在城里伺候儿媳妇月子，又一把屎一把尿地伺候孙子直到上小学后，推说自己故土难离，坚决要求回农村老家居住。儿子一直不明白到底是什么原因。儿子给娘专门安上电话：娘，有什么事你就招呼一声。每当儿子打来电话，娘总是那句话：我好着，你们尽管忙你们的事。此刻，娘早已备好了大包小包的，准备让儿子带回城。娘一一指点给儿子看："这是几个土鸡蛋，要小心拿好，别碰了，这比城里人卖的干净有营养，给我那孙子吃；这是自家地里产的花生，这是玉米，没用过一回农药，全是土杂肥，吃着放心；这是蒲公英，这是山石竹，都是我上野外采了晒干净又上锅炒了，你回去冲水喝，听人说，这东西祛火消炎；这是树上的香椿芽，刚刚央求狗蛋帮助上树采的，有点老了，一直没舍得采，等你回……"说到这里，娘像是说漏嘴，又改口道："别人忙，一直没好意思麻烦人家……"

儿子眼前蓦地闪现自己小时候的情形：父亲走得早，自己从小就跟着娘上工、下地、挖野菜，自家那株香椿树，一到开春整个院子都被那浓郁的香味笼罩着，头一茬的树叶格外鲜美，娘总是小心地采下来，拿一部分去集市上换油盐钱，剩下的小心用盐渍起来，供儿子佐餐，自己一口也舍不得尝。眼见娘头上头发少了，白发却更多了，只是那慈祥关爱一点没变，儿子的眼就有些雾气朦胧："娘啊，那点土地包出去算了，又雇人又操心的，收入那点儿还不如花费的多，再说您也年纪大了，不方便……"

"哎，傻儿子，我不操持点，你上哪去弄这些叫什么无公害的东西……不，不……"自知说漏了嘴，娘连忙改口："儿呀，城里人都喜欢出去锻炼，我有这点地，天天活动活动筋骨！"儿子这才明白娘坚持回乡下，就是想尽量为儿子弄点没有污染的食物。

娘俩拉呱间，太阳不觉移动偏西，儿子起身要走，娘依依不舍间，眼睛落到儿的褂子上："儿呀，那个扣子松动了，我给你拾掇拾掇。""不碍事，娘，您年纪大了，眼神不好，我就请了一天假，得赶紧回去，晚了撵不上公共汽车……"

"不碍事，一会儿就好，男人街上走，穿着媳妇的手，你媳妇忙，你又笨手笨脚的……"娘的话，总是那么温暖。

儿子的心忽然一痛，矮下身靠近娘，顺从地让娘穿针走线。

娘一边钉扣子，一边像是自然地尽量把头贴近儿子，那情景，极是陶醉、满足。

有多少年没和娘挨得这么近了？嗅着娘身上那熟悉又有些陌生的气息，儿子心里涌上这些年从未有过的踏实，仿佛又回到了久违的童年时光。蓦然间，一滴水滴到手上，让他从陶醉中醒来。透过那满头白发，儿子发现娘眼中噙满泪水。

儿子想伸手为娘擦泪，又怕娘伤心，一时不知所措。

"迷眼了。"娘忙掩饰自己的窘态。

儿子心中一痛，忽然做了一个意外决定："娘啊，今天我不走了，在家陪您一天！"

"娘一个人惯了，不用陪。"娘很坚决地让儿子回城。

"我想吃一顿娘做的豆捞，也想睡一睡老家的热炕祛祛风湿！"儿子终于想出了一个让娘信服的理由。

"儿呀，娘知道你的心思，你家里还有那一大摊子事等你，娘这里好着，你别挂牵……"

儿子走出老远，回头见娘还站在村口，春日的斜阳暖暖地照着，身上暖烘烘的。儿子心里突然就涌上那句诗：谁言寸草心，报得三春晖。

挑　媒

有人给大哥介绍了对象，父亲却请人去"挑媒"，想黄了这门亲事，心知肚明的嫂子会怎样应对，嫁过来之后，会怎么和父亲相处？

流火的夏日中午，相隔十几里远还没过门的嫂子突然来到我家。

那天，真叫一个热！太阳火辣辣地照过头顶，树上的知了一阵紧似一阵叫得起劲，让人更觉得烦闷燥热。间或传来一阵不停歇的鸣叫，不用看便知道是那些不知冷不怕热的小子又粘到知了了。农家的日子清汤寡水，多日见不到点荤腥，粘几个知了上锅一炒便是难得的佳肴，因此树下常见光着黑泥鳅一样脊梁的孩子一头汗水猫着腰举着长杆子小心翼翼地粘趴在树上的知了。庄户人常说"六月腊月不出门——活神仙"，那意思就是这时节除非有特别的事非出门不可，否则，在家待着是天大的福气。

嫂子人一进门劈头就问："咱村有个叫玉双的人吧？"

嫂子健康结实，在娘家村里任铁姑娘队队长，言谈行事风风火火。村口大喇叭里正起劲地唱着样板戏，像是给嫂子的行进作伴奏。不知为什么，一见这个未来的嫂子，我头脑中就会想起女响马之类的名词。

丈母娘看女婿越看越爱看，婆婆看没过门的儿媳也是这样。健康青春与最旺盛的生命活力，给人以生机和喜悦，加上恰到好处的掩饰，让人只会看到未来媳妇光鲜耀眼的一面，仿佛动物园内只看到孔雀开屏的华丽，忘了后面还有个拉撒排泄的臭屁股一样，一旦过了门，磕磕碰碰一块过日子，婆媳之间的没完没了的战事才算开始。未过门的媳妇不请自到，母亲先是一喜，见问又一惊，求助似的看向父亲。

"是不是瘦瘦的一副缺吃少穿样儿还带了几分奸臣相？"得到肯定回答后，嫂子又问。

"人是瘦点，但并不奸……"母亲不明就里。

"有这个人就好。走，带我去他家，我问问他到底安的什么心！"

母亲慌忙拦下，好声好气安慰。原来，村里的玉双竟然毫无廉耻地去嫂子村子"挑媒"，说了我们家许多的坏话，想搅黄大哥和嫂子的婚事。

在村里，我家算是书香门第，曾祖那辈曾得过进士功名。忠厚传家，诗书继世，虽然时过境迁，但村人依旧认定我家人德泽深厚源远流长知书达礼。虽然日子过得一样紧巴，但在村人眼中的地位却高于一般人。不仅如此，我家人在关键时候又有侠骨丹心，绝不会做那种落井下石之事，又令村人高看一眼。那回村人玉双运输粪肥，回程时独坐驴车上正悠然自得，不想在一个陡长的下坡突然惊了驴（农村对驴突然发疯失去控制的称呼），驴拉着驴车越跑越快，玉双惊呆了，想下车下不来，再跑就极有可能翻入路边深沟，弄不好会车毁人亡。关键时候，那些平日伸胳膊踢腿像是极孔武有力的都吓呆了，倒是平日文口善面的父亲爆发出了惊人的意志，竟然力挽狂澜拦下驴车制止了一场灾难。前些日子，有人为在外当兵的大哥说媳妇，凭着大哥一张穿着军装的照片，女方便意向初定。有天女方母亲突然不打招呼上门考察。当时我们家徒四壁，加上人来得突然，实在没有好东西招待，幸好还有半碗用盐渍好准备将来让我带到学校佐饭的知了，父亲又去菜园割了几把韭菜，借来几只鸡蛋，清汤寡水地凑合着招待了一顿。不想对方竟十分满意，当下与父母商定好数日后来取定亲礼。

因为大哥不在家，父母须替大哥把关，见女方结实朴素人也不拖泥带水，就给大哥写了信通通气，把女方照片发给大哥，大哥没提出否定意见，因为在农村里，父母之命，媒妁之言，父母替儿女定婚事，天经地义，别家都是这样，咱家为啥不可？一切水到渠成，便找村里能掐会算的老五爷帮着选个黄道吉日，郑重定亲。虽然贫穷，父母还是竭尽所能，买鱼、割肉、蒸馒头，又买来布料糖果烟酒之类做好充分准备。那天女方选派六个代表，寓意六六大顺，我家则从村里选聘四个体面有水平有威望的人作陪，隆重热烈地吃了一顿定亲饭。临走，女方带走布料糖果烟酒什么的作为定亲礼，这门亲事算是确定下来。诸事完毕，父亲写信报喜，大哥表示相信父母眼光。

在农村，双方一旦缔结婚约，就要不折不扣地遵行下去，一旦一方失信反悔，就被视为背信弃义，要遭人耻笑。除非有特殊情况，这种契约式的婚姻几乎百分之百成功。

"有话好说，咱两家的事，还得咱两家做主，去找一个外人算什么。"父亲一听，慌忙拦下。

"爹，娘，我就是咽不下这口气，容不得外人往咱家人身上涂泥巴！"从带走定亲礼那天，女方就改口称父母为爹娘了，当时把父母喜得嘴巴半天合不上，"我认准了的事，九头牛也拉不回，哪里轮得他一个外人说三道四瞎掺和。我当时就没给他好脸，后来越想越生气，咱家的名声不是一天两天挣下的，爹、娘，你们放心，我没别的意思，就是让你们放心，这门亲事我认准了！"

"其实……"听到自己曾救他一马的人竟然恩将仇报，父亲倒没生气，"他说的也不无道理，大部分是实话。我们家里拉了不少饥荒，这孩子从小就体弱多病，身体不那么好，还有，还有，我的脾气也不大好，有时一上来那邪劲自己也控制不住，忍不住要吵要闹，这些，这些，怕是你将来嫁过来受委屈……"

"穷，穷怕什么，天底下哪有穷一辈子的！体弱多病俺不怕，真有毛病他也当不上这个兵！当老人的脾气差点俺也不嫌，俺是和你儿子过日子，到时候分开过就行！说一千道一万，俺就认定了这门亲，八匹马九头牛十二道金牌也拉不回俺。"

树上的知了还在没完没了不知疲倦地一个劲聒噪，像是给未过门的大嫂呐喊助威。母亲脸上现出喜色，难得讨个媳妇这么贴心顺意的！又安慰又劝导，还冒酷暑去张罗着凑了几样菜喜滋滋地看着未过门的儿媳妇香甜享用。

"穿林海跨雪原，气冲霄汉……"大喇叭里杨子荣正起劲地卖弄，那知了还是一个劲儿地聒噪，未过门的大嫂要回去了，一双大脚板踩得地面嗒嗒响，望着那强健又有几分悍气的背影，父亲竟轻轻地叹了口气。

那年年底，大嫂终于以捍卫者和胜利者的姿态嫁过来。由于

温暖满屋 ～

大哥还在外当兵，大嫂暂时和我们全家一块过。里里外外一把手，参加集体劳动一点不输给男劳力，事事处处尽心尽力过日子，时时处处表现出一副幸福样子。父亲的眉头一天天舒展开来。外人也都觉得大哥娶了嫂子是物有所值，人家女方也真了不起。由于嫂子原来是铁姑娘队队长，村里的干部慧眼识才，起用她为妇女主任。

说来也怪，嫁过来的嫂子对当年试图搅黄自己婚事的玉双一家却没有什么反感，相反还经常去串门什么的，走动得很热乎。几十年转瞬而过，大哥退伍回村，与大嫂一道生儿育女，小日子过得一天比一天好，只是父母一天天衰老下去，终于有一天父亲卧病不起。父亲这一病，嫂子忙里忙外伺候，又端屎又端尿的，好像闺女一样。那天，趁别人都不在，父亲说给嫂子一个秘密："孩子，这些年，有件事我一直瞒着你。你还记得玉双去你们家挑媒吗，当初，玉双去挑媒，是我让他去的。我爱面子。当初亲事一定下，我才打听到你爹在过去还有过匪史，只是政府对事实不清才免遭惩处。你也知道，咱们家祖辈本分守信，我怕提出退亲坏了祖上名声，拉不下脸来，这才不得已请人去挑媒，想让你家自行提出退亲，这事连你娘我都瞒着……"

奇怪，嫂子一点也不吃惊："我早知道是您老的主意。咱们这样的人家，怎么会有人说坏话呢？您对玉双有救命之恩，我都打听到了。就为这，他还能说您的坏话？我嫁过来这些年，玉双不止一次地向我提及当年那事，说是一时犯糊涂，你看，他甘愿为别人背黑锅，一直护着您的面子，这是多么深的交情呀。我知道，他是想给咱家讨一个好媳妇。就为这，这些年，我拼命往好了做，就为让您老满意，让乡亲们觉得我能配当咱家的媳妇。至于当初我也是做样子给你们看，表示我的决心。"

父亲感叹道："幸亏当初这媒没挑成……"

享受福利

张成新买一张购物卡，家人却一再折换成现金，钱越换越少，一家人却乐此不疲，是什么促使他们一再做这折本买卖？

张成下班回来，满脸高兴，递给媳妇小黄一包高档食品和一张购物卡："老婆，让你也享受享受福利的滋味！"

张成从部队转业回到县城一企业，没几年企业垮了，老大不小学问不高又没技术特长的张成下了岗，他没有听信有些人鼓动去找政府上访，而是东一榔头西一棒子地找工作，最后终于被一家家具企业看中聘他当保安。

见丈夫这么开心，小黄也跟着高兴，双手接过，"看你那高兴劲儿……友谊女装商店的服装卡……288 元！你怎么舍得买这么贵重的东西？"小黄心疼。

张成一脸不在乎，一撇嘴："这算什么，以后有了钱，咱还要……这是单位发的福利，你忙里忙外劳苦功高的，就奖给你吧，你该添件新衣了！"

"你们企业真好，一个临时工也发这么多的福利！这么多年，你出来进去的也没件像样衣服！唉，谁叫咱俩都是下岗的……好了，不提了，明天我和你一块去换件男式的！"小黄温顺的目光一直离不开丈夫。

"人家是女装专卖店，哪有男式的，我就是为你才专门要的女装！我干保安又不是搞展览？再说经理要求上班时间必须穿工作服！"

"好吧！过两天我去看看。"妻子小心收起那张卡。

第二天，小黄带回一件颜色鲜艳的少女服装："张成，这是用你那张福利卡换的，这些年日子紧，连孩子也跟着受累，想来想去就给小秀挑了件。都是中学生了，也该打扮打扮了……"

女儿小秀穿上那件鲜艳时髦的服装，对着镜子左看右看，怎么也不相信这是真的，直到妈妈拿出购物小票给她并说明是爸爸的福利，心里才踏实。

第三天，女儿小秀一放学，却变戏法似的拿出一件男装："我前两天刚添了新校服，咱家数爸爸最辛苦，想来想去，我就换成给爸爸的。"

张成夫妻眼眶湿了，但不理解："人家是女装店，再说购物卡是不退货的，你是怎么换成男装的？"

"这，你小看你女儿了吧，我折价便宜卖给了同学！省28元买同样衣服她能不动心？"小秀很是得意。

第四天，张成下班回来又递给小黄250元钱："咱这个年龄还图什么新旧的，我把那件衣服折价卖给了同事，这钱你收好，给秀秀攒学费。"

小黄没伸手："你瞅个空儿歇班回趟乡下吧，爹妈一辈子操心受累的，年纪也都大了，让他们也享受享受福利！"

张成偷抹了一把泪："好！好！就听你的。"心里道：这哪是什么福利呀！我加班得了300元奖金，想到保卫科长对自己处处照顾，就买张友谊商店一款288元的衣服卡送个人情，不想科长不要，还回赠一包高档食品。为了让你心安理得地享受，我就谎称是福利。

心　药

好女不喝两家茶，不想大水媳妇阴差阳错成了"二婚"，并因此患上心病，大水想法用心药解开了媳妇心结。你知道这心药是什么？

古夷村里二能娶媳妇，却被大水误迎进了家门。

这原本是小事一桩，不想却成了二能媳妇的心病。

这病压在心里，弄得二能媳妇整天魂不守舍寝食不安的，一天天面黄肌瘦下来，并且没有好起来的迹象。

事情起因说来也十分简单：那天，大水、二能同一天办喜事，两家紧挨门。

古夷一带的风俗是，新娘子蒙上大红盖头，由娘家人用披红挂绿的大花轿送到婆家拜堂。

二能媳妇的花轿先到，却被大水家帮忙的人迎进门，那些小青年办事痛快，但手脚毛糙，粗心大意的，误把二能媳妇当成了大水媳妇。大家都沉浸在忙碌和喜气中，也没发现什么不对头，及至拜堂，礼仪主持让一对新人拜天地敬父母，新郎揭开新媳妇头上的大红盖头时，二能媳妇才发现自己进错了门。一帮人赶紧手忙脚乱地重新收拾好，送到隔壁二能家重新拜堂。

别人觉得这好比拍电影电视剧的花絮，无非增添了笑料烘托了气氛而已，没有人在意这事。二能媳妇却郁结在心，她常听老辈人说嫁鸡随鸡嫁狗随狗，当媳妇的就得忠贞不贰，拜两次堂就是二婚，我好端端的黄花姑娘一眨眼成了二婚！这不是一块美玉蒙上污点了。人们常说婚礼出现差错预示要发生事端，这是不是就预示着今后会发生什么不测之事？

二能媳妇整天心事重重的，蜜月没过好不说，接下来的日子脸上也老是蒙着一层忧郁，做什么都心不在焉无精打采。

娘家人见二能媳妇不振作，以为在二能那里受到了委屈，二能更是说不清道不明急在心里。

二能心疼媳妇，又百思不得其解，不知媳妇到底为何如此，偷偷找母亲私下试探加询问，也找不出原因。二能多次提出去看城里看医生，媳妇连说不字加摇头。

有一天，一个云游相面先生驻足二能门前久久不去，正巧二能媳妇出来碰见。那先生一见面便吃了一惊：这位妇人，你心地良善，可惜命带煞气，有尅夫相，这辈了当嫁二丁。

二能媳妇一听大惊，想到二能对自己的诸多好处，异常着急，忙悄声请进先生，急促寻问怎的才保得二能无碍。那先生问明二能媳妇婚姻状况，摇头说："没有好办法，除非你和现在的丈夫离婚。"媳妇舍不得二能，猛地想起误进大水家一事，便悄声说这算不算一回。先生问明因果，知道事情已过去三月有余，连声大笑："天意，天意，这正是善有善报，桃带李僵！幸亏有此奇遇，保你夫妻今生无碍！此煞虽已破解，只是你脸上尚有余痕，当在半年之内慢慢去除，只要你心端行正，保你无虞，往后的日子肯定是芝麻开花！"

临走，先生又一再叮嘱二能媳妇此事一定保密。

从此，二能媳妇心宽体健，夫妻琴瑟和谐，不久就传出染有喜脉。

秋天，原野刚显出金黄色，二能就急不可耐地选了一批上好的花生、绿豆、大枣进了县城，去感谢他的同学三成。

当初二能从媳妇的梦话中得知原委，三成帮他出主意，并秘密请人装扮一回算命先生。

醉

村里要开右派分子李佳霖的批斗会，八爷爷借酒搅乱会场，你知道八爷爷为什么这样有底气？你可能还不知道，其实八爷爷一点没醉。

秋夜，村里要开右派分子李佳霖的批斗会。

那年月，一切以阶级斗争为纲，村里会根据上级要求时不时地开展这样那样的斗争活动。上级号召抓革命，促生产，村里不论三秋大忙还是冬季农田会战，总要忙里偷闲地抽出时间专门召开学习会批斗会之类。这一次，村干部决定拿右派分子李佳霖作批判靶子。因为公社派干部专门坐镇，为保证会议成功，村干部事先找村里的民办教师写了批判稿。

李佳霖一肚子学问，为人谦和有礼，曾经当过教师，只是因为祖上给地主家子女伴读学了一肚子墨水考取秀才，后来便给有钱人家聘去当塾师，结果李佳霖沾了祖上的光，不明不白地进入右派行列，村里有了批判活动就经常拿他当反面教材。

村干部宣布批斗会开始，准备先动员群众上台发言，最后由公社派来的干部压轴讲话，结果台下的社员们都烂泥扶不上墙，没有人愿意上来说。村干部正准备指名道姓地点将，却有人自告奋勇："我来说两句！"八爷爷口袋里装个酒瓶，醉歪歪地来了。

众人一看，就有点绷不住，但又不敢笑，瞪大了眼看八爷爷会有什么惊人之语。

八爷爷多年单身一人生活。在过去艰苦岁月中，曾经为村里、为抗日队伍出过不少力，结果被汉奸报复八奶奶遇害，八爷爷从此就没有再娶。

那年月缺酒，八爷爷却似乎总是有酒喝。不仅因为乡亲们都记得八爷爷的功劳，另外还因为他有一手治狗伤绝招，受过他恩惠的不少，走到四邻八村，总是有人好吃好喝招待他。八爷爷平时倒也和气，可一旦喝了酒就没人敢惹，特别是遇到不平之事时，总是路见不平一声吼。不管对不对，没人敢惹八爷爷，因为他出身好，功劳大，为人正直，受人拥戴，据说他还有长期与鬼子汉奸打交道练出来的一手绝好功夫。但是也有例外，那天刚从集市上带回一瓶酒，酒鬼阿乐缠着怎么也要喝两口，八爷爷就带他回家，打开带回的菜肴，让阿乐解解馋。不想阿乐回家借酒发疯打老婆，阿乐老婆来找八爷爷抱怨，说了一些"为老不尊"之类过头话，八爷爷一声不吭任她数落。

八爷爷醉眼惺忪地一直走到台上，阿乐赶忙递过凳子让八爷爷坐下。八爷爷便不紧不慢似醉非醉地从打鬼子打汉奸说起，说鬼子汉奸多么可恶，说八路军解放军多么顽强，说那时节多么艰苦，全是脑袋别在裤腰上闹革命，全是和批判李佳霖不着边的话。村干部不敢管，公社包点干部也没办法。众人的注意力都挪到了八爷爷身上，村干部只好让八爷爷喝口水，自己赶快念批判稿，结果八爷爷不时插话，弄得批判会像演戏，村干部只好提前宣布散会。

会散了，八爷爷还在台上犯迷糊，阿乐好心劝八爷爷回家，八爷爷不理。这时突然有人捎信来说邻村阿信被狗咬了，请八爷爷火速前去。八爷爷忽地一下站起来，急火火走了。见天太晚，阿乐赶紧在后面追赶，陪同八爷爷出诊。

去邻村要过一道河，夜光下，望着河面上高下不一大小不等的三四十个石凳，阿乐自己也犯愁，又怕八爷爷醉了落河，忙喊住八爷爷递给走夜路的拐杖，不想八爷爷理也不理，在前头稳稳当当过了河。

五月麦香

村里村外都氤氲在浓浓的麦香里，二子听到嘎子托娘向自己的梦中情人二丫求亲，二子做出了一系列狂烈举动，二子能阻止嘎子和二丫的亲事吗？

农历的五月，村里村外都氤氲在浓浓的麦香里。

村口老槐树下坐着二子和庆祥，俩人就着大葱在吃大饼，看着从村外小溪洗衣服回来的二丫。二子咽着口水说："老王家的二丫越来越水灵了，等收了这场麦子，我就去和她爹提亲。"庆祥斜眼看着二子说："拉倒吧，昨天我还看见老张家的嘎子偷摸地塞给二丫一条围巾呢，说是从城里买的，二丫乐得嘴闭不上了！"二子抬手就给了庆祥一脖搂："你说话注意点，二丫怎么说也是我的心上人呢！"庆祥撇撇嘴没敢再吱声。二子抬头看着西天的落日发了一会儿呆，然后狠狠地咬了一口葱说："今天晚上咱俩去敲嘎子家的玻璃！"

天已经完全黑了，二子和庆祥悄悄地爬上了嘎子家的墙头，屋里头嘎子他娘正在和嘎子说话："我看这几天要不找人去老王头家给你和二丫提一下亲吧？""找谁去啊？""二子他娘吧，村里这事都是他娘提亲。"庆祥一听差点乐得掉下墙头，二子气得哼了一声，扬起手中的石头就扔了过去，"咔嚓"一声正砸中玻璃，只听里面的张嘎子大喊："谁？"二子和庆祥闻声一溜小跑，头也不回地扎进了黑夜里。

天刚明，嘎子娘就拿过一条烟两瓶酒央二子娘去老王头家说合。嘎子娘刚走，二子就劝娘别理这事，要不就拿着嘎子家的东西给自己说合一回。二子娘虽是农村娘们儿，眼睛却毒，心里有见识，一句话把二子呛得喘不上气："不改了你那成天吊儿郎当的样儿，别说二丫，是个女人就看不上你！"二子不服气："官向官，民向民，和尚向着出家人，你不为自己儿子说话，还胳膊肘往外拐？""向有向的道理！我不能干那乌鸦配凤凰的缺德事，嘎子要文化有文化，要本事有本事，和二丫正合适，我不能把心偏到腔巴骨上让人家吐唾沫！"二子见事情无望，一声不吭，低头打自己的主意。

黑夜再次降临，二子正待饭后出去发泄一下，老王头提了一条烟两瓶酒找上门来："拿假东西糊弄我！气得饭也没吃！二子娘，你一块退回去。"原来，嘎子娘托二子娘提亲带的酒不地道，标签是赖茅，倒出来却是老白干味，那云烟包装里却是廉价低档烟。

二子娘也没想到会是这样："他大叔，别生气，兴许有什么误会，他真心真意托我提亲还能弄个假酒糊弄你？先坐下一块吃点再说！"

没想到老王头真的坐下来："行，我听你的，说说话出出心里这口闷气！"

二子娘赶紧加炒上一盘鸡蛋，让二子陪老王头喝几盅。

二子见来了机会，赶紧递上烟："大叔别生气，先抽支烟消消气。"又拿出一瓶酒，给老王头倒上。老王头美滋滋地喝了一口："好酒！"

二子再给老王头倒上一盅，正想瞅机会向老王头透个心里话，不想老王头话一转："他婶子，这两年日子不错，这云烟和赖茅酒可不是一般庄稼人随便消费得起的。"

二子娘一愣，一下明白了："原来是你小子捣的鬼！咱家几时用过这么高档的东西，说，是不是你偷偷把烟和酒给倒换了！"

二子红了脸不说话。

老王头又跟上一句："二子，嘎子家的玻璃是不是也是你？其实那烟我也打开了，一看表里不一我就明白了。我知道你对二丫有意思，可你这样做二丫会喜欢？二子，老邻旧居的，我才真心真意劝你两句，我知道，嘎子家肯定不会故意弄假货，就你娘在中间过了一手，这事要传出去，咱的脸往哪放？老大不小的人了，别成天东游西逛的，地里麦子都熟透了，你不愿学雷锋帮别人，趁这机会替人收割挣几个小钱也行。"

"人老奸，驴老滑，兔子老了不好拿。没想到老王头来这一套把我的底抖出来！不过，他说得有些道理。明天，明天就下地去。对了，一块叫上庆祥。"二子送走老王头，长时间地站在门口，空气里弥漫着麦香，他贪婪地吸了一口，"真怪，怎么从来没觉得麦子这么香！"

最好的礼物

外出打工，他却迟迟不敢回家，是因为没挣到钱给父母买一份礼物，你知道他最终给父母准备了一份什么礼物让父母欣喜不已？意料之外，又情理之中。

临近村庄，天已完全黑下来了。

家家灯火，传出别样的温馨，不时有爆竹"砰"地响起，映起一片好看的火花。此情此景，一点点温暖着他的心，他急切地透过车窗，贪婪地看着外面的世界。

车轮飞转，却抵不过他想念家乡的思绪。司机是城里的，本来不愿跑这么远的路，可当满脸真诚和焦急的他一再恳求，就有点动心，当他预付上比平常多一倍的车费时，终于下定了决心，跑这几百里地。

本来给家里打了电话今年过年不回来了，本来想趁过年期间多赚一点，好了却父母想买一辆电动三轮车的心愿，哪承想看到雇主家的老人时，他的心被刺疼了，忽地涌上一个词：倚门倚闾。

本来还有一家的活儿要去干，却不知为何怎么也挪不动步，涌上脑海的全是父母的影像。爹，你那风湿腿痛好点了吗？娘，你一到冬天就咳嗽，今天冬天这么冷，你受得了吗？

鬼使神差一样，他给约好的另一家雇主打个请辞电话，拿上这家刚付的几百元钱走向了路边的一辆出租车。

朦胧中，路边一个，不，是两个，两个佝偻的身影映入眼帘，借着灯光，知道是两个人正互相搀扶着站在那。天这么冷，又是大年三十……这么熟悉！他不禁大叫："师傅，停车！"

他向两个佝偻的身影奔去："爹——娘——"

"儿呀，真的是你！"父母充满了惊喜。

"是我，是我！爹，娘，你们这是——"

"在等你回来呀！"

"我不是说不回来了吗，这么冷的天，你们还出来等什么？"

"知道你说不回来，可我们不甘心呀，出来碰碰运气，如果你回来的话，我们能早一眼看到你！一想起你，就不觉得冷。"

"我之所以没打电话说回来，就是怕你们出门等我，挨冻，爹，你的腿，娘，你爱咳、咳嗽，这么冷的天……"他不由有些哽咽。

当初他在工地打工，不小心受了伤，好几个月没挣一分钱不说，还欠下了医院医疗费。他怕父母牵挂，愣没给家里人说。工友们凑钱帮他看病，又帮他通过法院维权讨要补偿。本想养好了身体讨到了补偿再回家，还要完成给父亲买一辆老年人电动三轮车的承诺。哪承想工头溜之大吉，法院一时找不到人，只能暂时等一等。他本想在城里等，身体彻底好了讨到了补偿再回去，正好年底城市出现用工荒，工钱比平常高不少，他便临时找个身体能承担的工作，争取先给父亲挣一辆电动车钱，可一直到年三十，数数还没挣够一辆电动车钱……

"爹，我当初承诺给你买辆电动三轮车，可……"

"儿呀，庄稼人，弄那玩意干啥！"

"娘啊，我走得急，什么都没买。什么礼物都没带。"

爹娘上下打量着儿子："儿呀，过年的东西早都置办好了。你已经给我们带来了最好的礼物！"

"什么礼物，我怎么不知道？"

爹拍拍儿子："就是你呀！儿行千里父母担忧，你平安回来，比什么都好！儿呀，外边冷，咱回家。"

"请等一等！"原来是那位一直在一边听他一家说话的出租车司机。司机递过几张钱和两样礼品："兄弟，怎么说咱也是一个城市打工，我怎么能多收你的钱。这点物品，算是给大伯大妈的一点见面礼，你可一定收下！"

几双手紧紧握在一起。

寒冷的冬夜里，他们只觉得心里生出无尽的温暖！

哥哥变笨的秘密

哥哥因冬日落水落下脑子不好的毛病，不得不辍学务农，没想到许多年后却曝出一个秘密，哥哥辍学另有其因。

侄子侄女一块金榜题名：一个考上了省城的重点大学，一个考进了北京的名牌大学。和多年前我与二哥一块考入中专学校一样，在我们小山村里又引起轰动。父亲高兴得打电话招我和二哥回来，买了鞭炮拿上礼包去祝贺。大哥也大鱼大肉地十分铺张了一回。看着眼前的喜庆场面，父亲不由老泪纵横："你哥这个命呀，总算转过来了。"

大哥的命运在村里那些长辈看来是那么可惜。

小学时候，大哥的成绩一直是班里数得着的，老师也没少表扬，加上我和二哥的成绩一直居班里前几名，乡亲们见了父亲就夸我们兄弟几个有出息，将来一家出三个状元。

可是有一天，大哥的命运却因一桩意外而改变。

那天是星期天，北风呼呼地刮，冻得伸不出手来。我正在家拥着被子看书，才十几岁的大哥浑身湿漉漉地回来，冻得脸色乌紫，抖成一团。全家人七手八脚帮他脱下衣服，拥进被窝，半天才缓过来，不料晚上突然又发起了高烧，请医生打了好几针才治好。原来大哥听人说冬天砸开冰能逮出鱼来，就跑到村外水塘一角去破冰捉鱼，不小心掉进了冰窟，好不容易挣扎着捡回一条命来。"唉，都是生活困难逼的，不然孩子也不会为逮条鱼去冒这个险。孩子懂事了。"父母理解哥的心境，也没怎么指责。

然而事情远没有结束，再回到课堂上，大哥忽然变笨了。成绩一路下滑，从原来的排头兵成落到队尾，后来干脆中途退学。

村赤脚医生说可能是那场高烧"烧"坏了脑子，大哥才变笨的。班主任几次来家访，一再劝父亲送大哥去城里医院诊治，他不相信一个聪明学生就这么轻易变笨了。大哥坚决不听，说我没病没灾不呆不傻的看什么病，父亲只好由他。

中途退学的大哥从此打柴做活儿挣工分，成为父亲里里外外的得力帮手，家里的生活状况也得以改善。

每学期结束，每当我们兄弟俩从学校领回奖状，大哥总是接过来喜滋滋地抚弄半天，又小心地挂在室内显眼位置。父亲此时神情总是有些黯然，大概他在想大哥本来也应有一张奖状。

大哥变笨的原因，村人还有另外一种说法：他的"禄命"被收回了。四爷有声有色地讲道："早年邻村有一孩子，学习书本像吃一样快，十里八乡有名，师傅说他是状元之才。后来也是因为冬天掉进河里，得了一场大病，好了以后什么也学不进了。原因是他爹好杀生，上天收回了他的'禄命'。大有这命呀，我看因为是命中注定他家这辈只能出两个状元……"

父亲也是摇头叹息："命中注定，没办法！"

话虽这么说，可父亲发现，大哥还是喜欢看书，他的床头总是摆着各种途径弄来的书籍。而且在生产生活中，大哥很有头脑，慢慢帮助父母供出了我和二哥两个"吃皇粮"的，又娶妻生子成家立业，里里外外有条有理，日子也经营得红红火火。

"大哥，这个进化论可真是奥妙无穷！咱一个庄户人家，侄子侄女却这么聪明，在那么多学生中拔尖儿！真是可喜可贺！"我端起酒杯敬哥哥一杯酒，有意隐去了他学习上"笨"的那层意思。

"先放下，听我说！有些话，在我心里放了好多年了，不说，我心里难受，说出来，又怕你哥为此心疼我，就你俩的态度，看来今天我是非说不可了。你俩白当了大学生。你哥一点都不笨，比你哥俩聪明懂事十倍！"父亲总是把考出去的学生统称大学生，听出我话中意思，情绪有些激动，"开始我也以为你哥真的笨了，心想反正家里也供不起三个学生，就心安理得地让你哥退了学。可后来，我见你哥偷偷借来了同学的书，一有空就学习，后来还考了个什么自学文凭。当初你哥是因为咱家生活困难才去冒险打鱼，见咱家供不起仨学生又借这事装'笨'退学，只有这样退学，我们才心安理得。你哥是为了你们，也为了咱这个家呀！想想这些年，咱家最对不起的就是你大哥！"

"大哥……真是的，这么多年我们怎么就没想到呢？"我们都呆了，泪水不自觉地涌了出来，世界上还有什么比这兄弟之情更珍贵的？我们不知道怎样表达对大哥的感激之情。

"兄弟，别……"大哥刚要说什么，门外有人大嚷着进来，正是在外地做生意的二狗，向大哥递上了一个厚厚的红包："来晚了，祝贺祝贺！"

"这怎么好意思，你在外做生意还大老远跑来。"大哥一脸真诚。

"当年要不是你从冰窟里救出我，我哪里会有今天！到今天了，咱也都到中年了，那件事也就别捂着盖着了。借这个大喜的日子，我公开一个秘密：当时我不小心落水，旁边没有别人，正好大有哥发现了便拼命救了我，还让我保守秘密，我也怕父母知道挨训，就一直没说。"

大哥很是淡然："我当时打定主意要退学，如果别人以为我是因为救人落水才退的学会弄得四邻不安，正好二狗兄弟也怕父母知道，就一块瞒下了这事。"

母 亲

我因为夜里外出找网巴惹怒老师，这时候母亲却到学校来编造一个谎言哄骗老师，没想到老师居然相信了母亲，对我从轻发落。

俗话说怕什么来什么，大冷天的，母亲竟然来学校找我了。更让人难堪的是，此时我正在和班主王老师无声地较量对峙。

我的同学中，父母当官做生意的不少，不差钱也不差权，差一点的也是拿固定工资的职员，我的父母却是再普通不过的农民，只会土里刨食，识字不多，穿着谈吐也土里土气，我虽然一切依赖父母，却又最怕他们直接到学校来找，于是和父母约法三章：如果非见面不可，就打电话到传达室约我到学校外面去。

"林幽，你再不说明实情彻底检查错误，马上通知你的家长来把你领回去！长此下去，我也会被你逼得犯错误！"虽然室内暖意融融，老师的话却和室外飘着雪花的天气一样冷，有点声嘶力竭，看来是对我彻底失望了。虽然到了午饭时间，老师却因为愤怒，把我留在他的宿舍内，坚持要我打电话让家长来。

昨天半夜，我耐不住引诱爬墙外出找网吧，被抓现行。我们这所学校，管理特别严格，一到晚上熄灯就大门紧锁，还有教师巡视监督，绝不容许同学私自外出。校长听说有人敢冒天下之大不韪私自外出，劈头盖脸地将班主任王老师狠狠撸了一顿，严厉要求查明原因，上报学校等候处理。

我无奈又无助的目光飘向窗外，忽然发现一个熟悉的身影。天哪！不偏不巧，母亲竟然在这个时候找来了！平日我极力反对并多次阻止父母来学校，虽然没有说明原因，想必父母也明白因由，肯定伤了他们的心。想到父母含辛茹苦供我上学，那言语目光中时时流露出的关切，我却一再伤他们的心，如果再见到我现在这个样子，肯定更伤心！我内心陡生一股难言的愧疚，一再祈祷着：老师千万别开门，千万别开门！

王老师眼尖，发现了母亲，忙打开门。见到一脸沧桑顶着满头雪花，冻得直抖的母亲，正犹豫着要不要叫门。王老师的话一下软和起来："请问，您是——"

"我是林幽的娘，来看看孩子。听说老师你正在这里辅导他学习，我就找来了。学生有福气，碰上了你这样的好老师！"母亲显然不知情。

王老师脸上明显一动，忙不迭将母亲让进屋，帮她拍打身上的雪，母亲连声说感谢的话，双手却一直抱在胸前。

王老师又倒一杯水递过去："来，坐下，先暖和暖和手，"

母亲显得有些手足无措，忙腾出手来接，这时却有一包东西从怀中掉出来，还冒着热气。

　　见王老师惊讶，母亲有些不好意思："麻烦老师了，买了几个热包子，怕冷了，一直揣在怀里，老师，待会儿你也一块吃点儿……"

　　王老师的喉咙动了动，眼睛往外冒湿气，声音也有些抖："您、您快请坐！"

　　"老师，不怕你笑话，这些天我在县医院治病，孩子牵挂我昨天半夜跑到医院看我，我问他有没有向老师请假，他没吱声，这不，我刚打完针，就琢磨着过来跟老师说一声，别生出什么误会来。"天哪，这是哪跟哪的事？我可是从生下来就没见母亲撒过谎儿！

　　王老师的脸通红通红，像在做一番激烈的思想斗争。我以为他将要核实昨晚我是不是真的去了医院，没想到他竟说了这样的话："你不说这事我还不知道呢！林幽同学表现不错，学习也还刻苦，这不我正在帮他总结经验，找出需要改进的地方。"老师又转向我笑着说："林幽，以后外出可要请假哟！"

　　我一颗心放在了肚里！老师原谅了我，不再要开除我了！要不，他不会为我圆这个谎儿！

　　母亲欣慰地笑了，眼中，满含着感激和欣慰。

　　"好了，外边冷，这里有热水，你们娘俩就在我这里边吃边谈吧！我正好到同事那里有点事。"王老师把自己的空间让给了我们娘俩。

　　我感激母亲为我解围，又不解地问母亲："我一再不让你来，你怎么还是来了？你又没住院，你怎么会编出那一套话来哄骗老师？"

　　母亲淡淡一笑："我知道你心里不情愿我们来找你，可、可一打电话听同学说因为你晚上私自外出老师正发脾气整你，我就急了，不管不顾冒失地来了，临时想了这么个办法，给你解围，也让老师下个台。孩子，以后可得让娘让老师省心呀！我大雪天地走这几十里路来，就是为了让你吃一顿我蒸的热包子。你不知道，这是你大伯家送给咱的鲜羊肉馅，一年难得有这么个口福，我就琢磨着给你送点过来。这不，怕冷了不好吃，就一直揣在怀里。"

"什么，娘，这几十里路你走来的，不是有公共汽车吗？"

"娘这腿脚的还行，能省点儿路费就省……"

"娘，你真行，还幸亏你来了为我解了围。没想到老师大学毕业，让我娘一个不识字的农村妇女哄得团团转！"我心里竟有一丝老师被捉弄的快感。

"孩子，话不能这么说。你以为老师真的信了我的话？如果不是老师打心里关心你，他能这样轻易让你过关？为了不让我知道真相伤心，老师竟然也为你撒谎儿！孩子，人家老师也不容易，咱以后可要对得起老师！"母亲一脸严肃。

泪水无言地流出，我使劲点头，泪光中，我忽然发现母亲是那么慈祥美丽，又那么伟大！

偷　嘴

饥荒之年，几乎家家断炊，母亲却因为"偷吃"显得胖了一些，儿媳取得母亲"偷吃"的证据后，才发现母亲"偷吃"的居然是……

太阳懒洋洋地照着，大憨和媳妇巧姐无精打采地侍弄地里那几棵营养不良的庄稼苗儿。

大憨刚停下来喘口气，巧姐却突然要回家一趟。话说了好几遍，大憨懒得理她，只装作没听见。

"怎么一说到你娘的事儿就装聋作哑？我是非回去不可！"巧姐不依不饶。

"你就疑心重，别瞎耽搁工夫，多走一趟肚里更受不了。我就不信，俺娘会背着咱们偷嘴！"

"哼，人心隔肚皮，谁知道人家是怎么想的。再说无风不起浪，她不偷吃别人会有闲话？回家看看不就全明白了！"

"你别冤枉俺娘！从小都是俺先吃饱了俺娘才吃……"

"冤不冤，有老天！此一时又彼一时，我就不信，每顿她就吃那么点儿，这些日子反倒比原来胖了，她是神仙，不吃饭还能发胖？"

"这……反正我就是不信！"大憨一时语塞，他也隐约觉得，这些日子娘好像不大对劲儿。可遇上这饥荒年头，家里就那么点有数的几口粮食，天上飞的，地下跑的，河里游的，只要能充饥的，都被人找来填进了肚子，母亲还有什么可以偷吃？

巧姐还是坚持回家，大憨只好由她："也好，让你眼见为实，省得你再听别人胡说八道。"

掩着门的屋内隐隐飘出一股肉香。巧姐冷笑："我说怎么样？！"举手就要砸门。

大憨慌忙拦住："别吵，别砸，算我求你，给娘留点面子！以后说什么我都听你的！"

巧姐哪里肯听，一个劲儿地往屋里闯。

听见动静，娘早已把东西收起。巧姐循着香味，在一个角落里发现了证据——一个破铁锅煮的几小块肉团。

"娘，你能说说这是怎么回事？"巧姐不依不饶。

"这……"被抓现行，娘显得很不好意思，憋得脸红脖子粗的也没说出什么，却突然昏厥过去。

巧姐以为大憨娘装装样子吓人，可一见好长时间没有动静，慌忙让大憨去请老村医八爷。

八爷摸把脉象："你娘这是饿的！"

"饿的？有东西吃还能挨饿？她怎么这些日子比原来还胖了？"巧姐不相信。

"傻孩子，我有好几回撞见你娘趁你们不在的时候，偷偷把咬不动嚼不烂的烂菜根什么的煮来充饥，好省下点粮食给你们吃！还叫我不要声张。你娘哪里是发胖，是饥饿过度营养不良出现浮肿！你们呀，就是不理解老人的心！"

"那你快给俺娘开药吧。"大憨救娘心切。

"赶快找点好吃的！你娘这病，粮食就是最好的药！"

"那这锅里的肉……"巧姐仍心存疑虑。

八爷看了一眼："你看那是什么？那是死老鼠！这东西能吃吗，弄不好要得传染病出人命！你娘这是饿得没办法，才瞒着你们拿它充饥，好省下点东西给你们吃。"

大憨娘慢慢醒来，见八爷训斥儿子、媳妇，忙道："别……别……我自己要吃，能活下来是幸运，毒死了省得给孩子拖累。"

"娘！亲娘！"巧姐哭着扑通给娘跪下。

生死约定

糊糊涂涂生活了多年的郑奶奶，这天忽然清醒了。郑奶奶其实这么多年一点没糊涂，在生命的尽头告诉了孙子们一个意想不到的秘密。

糊糊涂涂生活了多年的郑奶奶，这天忽然清醒了。

孙子大川、大国、大新似乎预感到了什么，围在旁边紧紧拉住奶奶的手，默默地望着慈祥又饱经岁月侵蚀的面孔，强忍着不让眼泪流下来。

奶奶脸上的表情有点捉摸不定："你爹又有信了？"

大川说："有，大新快拿来念给奶奶听！"

奶奶意味深长地笑了："奶奶有些话要给你们说明白了，我们娘俩快要见面了，就别再为我多操心了！"

几个孙子大惊："奶奶你……"

"我心里明镜似的，怕你们替我操心，就装着糊涂的样儿……你爹的坟在哪里？"

"在城西公墓，说等奶奶走后再迁回咱家祖林伺候爷爷奶奶。"

"你爹这孩子，从小就说这辈子不离开娘，一生到老伺候娘……有些事是该让你们知道了，你们都知道你爷爷是做地下工作牺牲的，你伯伯是打鬼子牺牲的，就是不知道你爹不是奶奶亲生的！"

孙子们惊呆了。

"想当初，你爷爷一根独苗，为打鬼子离开家乡到敌占区干地下工作，一走就再没回来；那年头兵荒马乱又闹灾荒，我只好领着你大伯到处讨口吃的，在讨饭路上遇见你爹一个人快要饿死了，我就收下了他。那年队伍上来人告诉你爷爷牺牲的信儿，你大伯和你爹才十几岁都争着参加队伍报仇，我就让你大伯去了，不想他又把命丢在战场上……"

"解放了，你爹也当了兵，学了一身本事，本来要留在大城市的，为了照顾我，愣是回到了本县，还一定要讨个乡下户口的媳妇伺候我，后来你们虽然转了户口进了城，可让你们也跟着在乡下遭了不少罪，奶奶这心里不忍呀！"

"我是土命，在城市待不住啊！于是你爹一有空就来看我。自打你们说你爹被上级调去干一个重要的活儿，还不让家里人联系，我心里就明白了，头天夜里我就梦见你爹回来了，你们不见奶奶敬神上香的时候比平常多了几根吗，那是烧给你爹的。"

孙子们明白了奶奶看起来糊糊涂涂但每月几次敬神上香的事总那么准时，又那么虔诚。

"我和你爹都是土命，从小吃糠咽菜的成了习惯，你爹吃不惯城里的大鱼大肉，就爱吃家中自制的老香椿叶、咸豆腐、腌咸蛋，我在乡下生活那几年，每过半月十天的就准备这些宝贝托人捎给你爹，自家地里长的东西养人呀！"

孙子明白了那几年奶奶总不进城的原因。

"你爹是怎么走的？"

"那年父亲上街，在马路中间为救一老婆婆被车撞了，在医院里撑了两天，怎么也不让我们告诉您。父亲说一看到年龄大的就想起了老娘，就不自觉地想帮一把。父亲临走说没有后悔，就是舍不下奶奶，怕你伤心，就让我们瞒着。我们只好每年造几封信哄你，还说这是保密单位不让通电话。"

　　"我就揣着明白装糊涂，也知道那老香椿叶、咸豆腐用不上了，也知道你们怕村里人多嘴杂说漏了，就跟你们进了城，当时奶奶也打好了谱儿，让你们尽一下心我就再回老家去，反正家里还有几间老屋，我就装作什么也听不见什么也不明白，左邻右舍的说什么你们也就不在乎了，也没想到这一晃又是十多年，奶奶都快到九十九了，那些儿女双全的有几个能活到这个岁数？你爹从小就是个重情重义的人，你们也没失了咱庄稼人的本分。当年领你爹要饭要一口也先让我吃，我哪舍得先动口呀，就推说不饿。那年上级号召青年当兵支持国家建设，我叫你爹出去闯荡一下，他为了照顾我怎么也不肯去，还是你四爷爷支书讲了一大通家国道理才打动了他，在部队学了文化长了见识提了干部，却硬要调回咱这老家。你娘走了这么多年，他怕后娘委屈了你们，就这么一个人操持着这一大家子走过来了。"

　　"奶奶不是你们亲生的，就别难过……"

　　几个孙子泪水泉涌："奶奶……我们不让你走！"

　　郑奶奶特别满足："别哭……下辈子咱再做一家子……"

温　情

　　"古夷乡，新事多，出了个爱心敬老车。开车人，宋长兴，新时代的活雷锋。"宋长兴到底做了哪些好事，其动力又是什么？

　　"大家让一让，让老年人先上！"车到古夷站，宋长兴照例是那句话。

　　五十多岁的老宋，才不出众，貌不惊人，放在哪里都一点不起眼，

温暖满屋

唯一让人过目不忘的是他那满眼的真诚。

古夷是这个县最边远的一个乡，近年修建村村通公路，公共汽车才进了古夷乡各个村。老宋瞅准机会申请这条线路搞客运，为乡亲们提供了极大的方便。

虽然是农村线路，但好像一棵藤上联结着大大小小的瓜果一样，公路连接了无数的村庄，往来于城乡之间的人也不少，生意还算不错。老宋营运不久，县上运输大户王大发盯上了这条线，欲掺和进来分一杯羹，也申请了这条线路来和老宋竞争，一个甜枣分两半，老宋的生意就淡些。不知是脑子短路还是啥的，王大发处处事事弄心机打压老宋和他争客源，老宋不但不想招数和人家竞争，反倒出了一个怪主意：凡是七十以上的老年人，凭身份证坐我的车不收钱。

有人怀疑老宋图名利打广告谋其他，怀疑红旗到底能打多久。但事实胜于雄辩，老宋不仅坚持下来，对有些残疾人也照顾有加。还说这样做睡得踏实，开车稳当。

"古夷乡，新事多，出了个爱心敬老车。开车人，宋长兴，新时代的活雷锋。"这可不是那些耍笔杆子的通讯员写的新闻，而是俚语村言，发自老百姓内心真诚的新民谣，其传播速度和影响力不亚于红头文件。

今天等车的有好几位老人，宋长兴坚持一贯做法，让老年人先上车。不用看身份证，老宋就知道他们多在古稀以上。刚收完其他人车费，有人拽他的衣角。一个浑身是土，看上去精神有点恍惚的老人，指着司机身边那瓶水和准备当早餐的油饼，又指指口，拍拍肚子。别人明白，他是想吃。有个年轻人就开玩笑："老爷子，过分了，人家师傅不要你钱，你还让人家管饭？"老汉也不恼，依旧指着。老宋赶忙把饭、水递给老汉。老汉狼吞虎咽吃起来，看样子饿得不轻。老宋忙说："别急，老爷子，吃完了还有，实在不够下车再给你买。"

一车人都笑了。

车到县城总站，一个中年模样的组织几位老人下车，又掏出钱付款："这些老人都是古夷乡敬老院的，是我请他们出来参观，这个钱理应我来付！"老宋忙说："我说到做到，这钱，就留着给老人们买点吃的吧。"中年人依旧坚持把钱塞给老宋，老宋怎么也不收。

中年人问老宋为什么对老年人这样有感情？老宋说："去年，我老年痴呆的父亲走失了，一连十多天没个音信，我们一家快急疯了，又上电视播寻人启事又四处贴广告，最后邻县的民政收容站打来电话，我们去一看，父亲在那被伺候得好好的，听说是一位好心的司机把他送去的。要知道，找不到父亲，我们会一辈子良心不安，要不是有这好心人，我们家还不塌了天？就凭这点，我想回报社会上那些老人。其实，能出门的老人没有多少，他们过去受苦受累，今天日子好了，出来走走转转，为他们做点事算是行善积德。"

说话间，那位要吃要喝的老人还坐在车上一脸茫然。又是一个不知家在哪里的老年痴呆患者？老宋忙问他姓甚名谁家在哪里要到哪里去，老汉只是一副茫然状。老宋想起父亲的事，忙说："这事交给我吧，看来，得送到民政局去，由他们负责照看找家。"此时，老汉突然掏出一张字条递给老宋，上面是一个电话号码，老宋忙照号码打过去，一个熟悉的声音说："啊，谢谢谢谢！这是我父亲，我马上过去。"

一照面，几个人大吃一惊：来的人正是老宋的竞争对手王大发。王大发对着老人说："爹，您怎么了，怎么会在这里？"又对那中年男子道："于队长，您怎么也在这里？"

中年男子见老宋一脸疑问，干脆直截了当说："我是市交通局稽查大队的，有人举报你私压价格搞不正当竞争，我就请敬老院的几位老人帮助调查，现在一切都明白了。"

那痴呆老汉也突然说话："大发，你看人家是怎么做的，哪像你，一心只想着和别人竞争，怎么挣钱。你还罗列人家这样那样的不是去告人家，今天要不是我特意来看看，哪有一点像你说的那样，你那样做岂不是冤枉好人！我看呀，你就退出来，别跑这条线了。"

王大发满脸通红，半晌才说："老宋，别怪我，我也是没办法。那些乡民宁愿多等一会儿也要等着坐你的车，明人不说暗话，干脆这样行不行，我把这趟线路的手续转给你，我不漫天要价，你也别乘人之危，给我保本价就行。"

老宋思考了半天，真诚地说："老王，说心里话，我真舍不得你，有了你，逼着我更好地提高服务标准。这条线路，我一个人本事再大也忙不过来。要不这样，以我的名义咱搞联营，挣多挣少还是你自己的，这样村民就不会认生了。只是有一条：七十岁以上的老人坐车一律不要钱！"

王大发考虑都没考虑，连连点头："好！好！"

后记：

第二天，《古夷晚报》登出一幅配题《暖情》的照片，内容正是宋长兴照顾那位"痴呆"老人的情景，是市交通局现场调查的于队长拍的。由于不是摆拍，真实自然生动感人，主人公宋长兴的眼睛里，透出一股让人感动的温馨。年底，这幅照片获得省"现场好新闻"奖，宋长兴因此被评为"古夷好人"，省电视台专门派记者采访了他。

娘的记忆

娘老得连自己儿子都不认识了，却唯独还记得一件事，你想知道这是什么事吗？你觉得这事真实吗？

一个不注意，娘一个人偷偷出来，眼看就到小区大门。

儿子急火火追出来，一个劲儿地喊："娘——娘——"身上还系着围裙，挽着袖口，手上还没擦干净水，显然是刚才正在厨房里忙活。

天格外晴，格外蓝，就像儿时记忆中完全一样。白花花的太阳照在娘身上，刺得儿子一阵心痛：娘的身躯佝偻，满头白发，岁月已将娘琢缀成一道苍老的风景。

虽然八十多了，娘周身上下利利索索，穿戴整洁。然而此刻却对儿子的呼喊听而不闻，对来往之人视而不见，只是一个劲儿地往外走。

儿子终于追上娘，气喘吁吁地拉住娘："娘，大门外面车多人多多危险，咱回家吧！"

不料，娘却把手一挣："你是谁，我不认识你，我要去找我儿子！"

看来娘不聋不哑不痴不瞎。路人不由停下脚步，直犯糊涂：这是怎么了？

儿子连忙赔上笑脸："娘，我就是您儿子呀。"

娘打量儿子一眼，坚决地摇摇头："你不是，你不是我儿子，我不跟你走！"突然挣脱儿子的手，一趔一趔往外跑，由于跑得紧，随时都要歪倒的样儿，让人看一眼就揪心。

门外，人流车流熙来攘往，一辆自行车收不住眼看就要撞上娘。

身材发福看上去并不灵敏的儿子刘翔跨栏一般一跃而起上前挡住，跌倒的同时，感到腿上一阵钻心的疼痛，不由失口叫了一声："哎哟，娘呀！"

鬼使神差一样，娘转身跑回儿子身边，小心地拍打着儿子身上的土："来，让娘看看，摔哪里了，还疼吗？"

儿子惊喜万分，一下想起小时候：每回摔倒了，不管娘在不在身边，自己总是不由自主地喊这么一句，有时自己也奇怪为什么会这样喊，可这句话仿佛止疼剂一样，只要一喊，就感到疼痛会减轻，许多回娘总是闻声过来悉心照顾安慰。

娘小心地抚着儿子，沧桑的脸上泛起母性的温馨："别怕，有娘呢，咱们回家！来，别慌，打起精神，听娘给你唱支歌：月嬷嬷，纺棉花，挣了钱，买甜瓜，你一口，我一口，嬷嬷咬了小孩手，小孩小孩你别哭，咱上大集买玩具……"

小时候，每回儿子受伤或受到委屈，母亲总是这样安慰，总要唱上这首儿歌，直到儿子破涕为笑止。

路人不知道，娘患有小脑萎缩，如今什么事也不记得，一个亲人也不认识。

"好，娘，回家。月嬷嬷，纺棉花，挣了钱，买甜瓜，你一口，我一口，嬷嬷咬了小孩手……"儿子紧紧拉着娘的手，边走边唱那首梦里也会唱的儿歌，任凭眼泪哗哗地流，五十好几的人了，就像个孩子一样。

表　舅

　　姐妹二人半夜迷路，得到表舅帮助，到家后母亲却不认识表舅，再去表舅村里寻人却不见踪影，这是聊斋故事还是有其他隐情？

　　"妈妈，这个舅爷爷我从没有听说过，你还买了这么多的礼物，他真的那么重要吗？"赶赴乡下的路上，女儿忍不住发问。

　　"对，不仅对我，对你也相当重要！"

　　我郑重的语气和神情，让女儿大为惊讶，撒娇道："对我也重要？你就先说一说，别让人着急嘛！"

　　昨天晚上，女儿的一句问话让我下定了此行决心。读初中的女儿正在读《雷锋的故事》，她带点疑惑地问我："妈妈，你说雷锋的那些事都是真的吗？他冒雨送老大娘到底图个什么？社会上真有这样的事吗？"我一时无语，突然想起了那个秋夜，最终决定利用国庆假期带女儿到乡下去看望一下几十年未曾谋面的表舅，更为了解开女儿心中那个疑问。

　　"好，那是一九七三年秋天的一个夜晚——"

　　……

　　天哪，回家的路怎么走？

　　黑夜吞噬了一切，又仿佛会随时放出无数面目狰狞的精怪。四周黑黢黢的，迈脚就磕磕绊绊的。这个地方叫野狸沟，听名字就够吓人的，山陡林密，大白天一个人都不敢来，晚上就更为恐怖。恐乱中，我想起了大人们常说的"鬼打墙"！

虽说是在秋天，但节气早过了霜降，晚上更显露寒霜重，肃杀一片。干了大半夜的活，劳累异常，又没有一口热乎东西可吃，从头到脚感到寒气往里钻。我试图用课本上学到的那些小英雄事迹来给自己打气，可是不起作用。

大集体年代就是这样，到了秋天，庄户人格外忙，格外累。生产队组织从一大早开始刨红薯，直到下午才分配到各户。每家各显神通，连夜把红薯切成片凉摊好，等几日晒干后再收回家。当时，红薯是我们的主粮，一年四季全吃这个，有时放出屁来都是一股红薯味。这事一点不能放松，一家人一年的口粮全仗这个把月，不然，来年就要挨饿。庄稼人能吃苦，一到秋夜，漫山遍野的灯笼，星星点点的，全是各家在忙碌切瓜干。对于一般人强马壮的人家来说还能应付，可我们家就不同了，父亲是右派，被调到外地集中学习改造，母亲拖个病身子，干完集体的活，既要照顾小妹妹，又要照顾上了年纪的奶奶，还有那些鸡狗鹅鸭的，于是，加工搬运劳动成果的任务，就落在我和妹妹身上。乡亲们同情我们，又没有办法，只能在分配红薯时尽量地把我们家放在前头。当时，我十二岁，妹妹十岁，若在别家，还跟在大人后面象征性地干点，在我们家则成为主力。

那天在那个叫野狸沟的地方分到了一大堆红薯。这里离村七八里，中间沟沟坎坎不说，还有一座小水库，大人常说的一些吓人事，地点就在这里。那些有能力的人家，都把红薯运到山半梁上，那里向阳风大，红薯干得快又干净。我们只好就地切，一边嫌分到的红薯多，却又一个不舍得扔，在这种矛盾的心理中，一边抹眼泪，一边干活。

好不容易切完了那一大堆红薯，我和妹妹长长松了一口气，可接下来就傻眼了：山梁上的灯光一个不见了，原来别家都已干完活计回去了。我心里一下慌了：没个大人相伴，这可怎么回家！更为严重的是，我们手上唯一一盏可以照明的马灯油已耗尽。

四周传来各式各样的怪声，有猫头鹰，偶尔远处还有一声长嗥，让人立刻头皮发麻心发紧。背着筐子、锄刀，凭感觉试探着摸索着朝村的方向走，没几步便分不出东西南北，妹妹牵着我的手越拉越紧，一个劲儿地抖。

又传来瘆人的叫声，似乎还有水波的荡击声。我和妹妹不敢走了，生怕失足进了沟坎或水库。前进不行，后退不得。接下来，我们这个年龄对付恐惧的手段大概就是哭了，先是妹妹大哭，好像传染似的，我也不争气地哭出了声。

"谁家的孩子？"黑夜里突然传来一声询问。

此时，听见人的声音，好像半夜三更升起太阳一样，我们的心一下温暖起来。直到模模糊糊人影走近，是一个人高马大的男子，我们的心又一下提到嗓子眼，如果碰上个坏人……

那人自我解释道："我是李家山的李振华，护秋的，听见动静过来看看。你们是——高家岭的，噢，别怕，我和你们村还有亲戚。"

一听这话，我心里踏实了，毕竟，有亲戚都知根知底的，就不是坏人了。当我们说出父亲名字后，那人大喜过望："原来是外甥女。我是你们表舅。"

"表舅？我们怎么没听说也不认识你呀……"

"亲戚一带'表'，走动自然少，那年我去过你们家，你们还小，不记事。你们肯定是又累又饿吧？"表舅从口袋里摸出两块水果糖，又从我手里接过锄刀，"走，我正好去你们村有点事，和你们一块回家。"

有了表舅壮胆，嘴里又含上平时过节才能吃到的糖，我不冷不饿更不怕了，一下来了精神。

"外甥们，别怕，二丫走不动了，来，到我背上——我们一块唱个歌吧。我起头——我是公社小社员来，手拿小镰刀呀，身背小竹篮，放学以后去劳动，割草积肥拾麦穗，越干越喜欢……"

有了表舅，我们心里亮堂起来，只觉很快就到家了。

母亲正在家门口焦急等待，准备央个人去接我们。见到我们，一下松了一口气。母亲对表舅问："你是——"

我们愣了：母亲连表舅都不认识？

表舅开口了："我已认下了外甥女，你就是表姐了。我是李家山的护秋员，半夜起来听见老远有孩子哭，发现了这姐妹俩，在水库边瞎转，黑灯瞎火的，不放心，问明白就送回来了。我怕孩子们不放心我，就多了个心眼说是他们的表舅。老姐姐，你怎么就放心让孩子去那么远？"

母亲低了头，叹口气："不忍心又怎样，实在是没办法。"

表舅深深叹口气，安慰母亲几句，连夜走了。

从此，我在心里认下了表舅，表舅的名字一直记在心里，但种种原因，直到妈妈考取大学进了城，却一直没有当面致谢表舅。

……

"妈，我明白了，要是没有舅爷爷，你当时的安全问题……"

"也许，也许会有很多个也许……"

说话间，车到李家山，街头靠墙坐了好多个七八十岁的老者，或闭目养神，或怡然聊天，见有人来以目致意表示欢迎。大出意外的是，当我说出表舅的名字，几位老者一齐摇头："这个村还没有叫李振华的。"当我再次表示疑问时，一清癯老汉道："我就姓李，我们乡村重辈序讲字号，李姓中就没有这个振字辈的。"当我向老人们复述这个故事时，老汉们笑了："就这么点事，过去这么多年了还值得你们大老远从城里跑一趟？别说送你走几里路，遇上更大需要帮忙的事，老少爷们也不会含糊！这样的事多了去了。闺女，你的心到就行了！"

　　女儿显然有点遗憾："妈，看来我们找不到舅爷爷了！"

　　望着几位慈祥老人，我心中一动："孩子，我们已经找到了！
远在天边——"

　　"妈，我明白了，近在眼前！"女儿笑着，拿出带来的礼品，
分给眼前的几位老者。

第四辑　大家风范

　　导读：俗话说泥人也有土性，千人千脾气，万人万性格。基层工作，群众工作，就是要将不同脾气不同性格的人捏合团结在一起。面对不同人，基层工作者会怎样因人制宜，他们怎样调众口，处理好那些鸡毛蒜皮、婆婆妈妈的大事小情？

　　还是让我们见识一下基层工作者的手段吧，那些不拘常规的方法，你可能一辈子都想不到。有句话不是说，只要思想不滑坡，办法总比困难多。

大家风范

　　小茹到北京求学，身为高官的爷爷奶奶开始却不想见她，你知道因为什么吗？最后爷爷奶奶会怎样处理与小茹的关系？

　　终于如愿采访到百姓有口皆碑的周市长，作为记者，一大堆政绩之外，我最关注的还是她几十年如一日的恒心及其动力所在。

"你是第一个触入这个话题的人。"亲和睿智的周市长没有高谈阔论，却满含深情地却给我讲了下面这个故事。

"喂，是奶奶吗？我是小茹！"

小茹来到北京，便迫不及待地给本家爷爷、奶奶打电话，电话一通，她兴奋不已，一时不知说什么好。

对小茹来说，爷爷奶奶是熟悉的陌生人，他们可是共和国历史上的传奇人物，小茹一直以有这样的爷爷奶奶自豪，并无数次在梦中相见，由于各种原因，小茹一直没能与本家爷爷奶奶见面。

作为恢复高考后的第一批大学生，小茹第一志愿就填报了这所北京的著名学府，并如愿以偿。虽远离父母，小茹却感觉心里非常踏实，因为自己的爷爷奶奶就在那里，从此可以常见到他们。临行，家族中人千叮咛万嘱咐，要小茹一定代表族人去看望，还精心准备了礼物。

爷爷奶奶把一生献给了事业，没有亲生儿女。鉴于爷爷奶奶定下的制度，临行前父亲一再告诫：千万保密，不可张扬炫耀，更不可以此为旗号谋名谋利。小茹一一答应，不然，她早会告诉同学，让他们知道自己有这样引以为豪的长辈。

电话是奶奶接的，却没有想象中的热情。奶奶详细询问了小茹的姓名年龄家族中的谱系，语气温和而从容。

"奶奶，你和爷爷身体好吧，我爹妈，家族中人都牵挂着，他们托我……"小茹热切地回应，急于前去和爷爷奶奶见面。

"还好，替我们谢谢乡亲们，不要挂念。"接下来又嘱咐小茹来之安之，尽快适应新环境，新生活，搞好团结，努力学习，唯独没有提出让小茹前去做客。

"谢谢奶奶——"小茹在失望中放下电话，也许，爷爷奶奶忙，也许，爷爷奶奶身体不适，也许……

　　新鲜紧张的学习生活，没有挡住对爷爷奶奶的思念，她急于想见到日思夜盼的亲人，急于想把乡亲的祝福与心意送出去，就在这期待中，却发生了一系列让小茹奇怪的事。

　　几次打到爷爷奶奶家的电话没人接听。

　　学校保安部找小茹问了家庭出身住址。社会关系及相关情况。辅导员神情怪怪，盯着小茹的眼睛，说了一大堆什么守纪律诚实守信之类的话。小茹谨遵父训，没有透露与爷爷奶奶的关系。

　　这一切，让小茹充满了惶惑。

　　惶惑中，有电话找小茹，是奶奶邀请小茹前去做客。小茹兴奋得心怦怦直跳，想到马上可以坐爷爷的专车，又兴奋又紧张，还没等回味过来，奶奶让她记录一下乘车路线，到终点站时警卫员去接她。

　　这是一个令小茹终生难忘的一天。爷爷奶奶，慈爱万分，丝毫没有想象中的威严，亲热地拉着小茹的手问寒问暖地亲不够，小茹找到了回家的感觉。

　　为何前后如此反差之大？为何如今才邀请做客？小茹心中掠过一丝疑问，但又不好意思说出来，也许，是爷爷奶奶太忙，一时不太方便。

　　无意中说起一阵电话不通，奶奶笑道："我们家不能搞特殊，爷爷安排让人到学校查一查，看你是凭真本事考来，还是打着我们的旗号塞进来的，如果是借关系进来的，不但你这个孙女我们坚决不认，还要学校退回去。我们不能坏了共产党的名声。不过，我们没有透露和你的关系。老师找你谈话，可能觉得那么多学生，为什么上级会单单核查你一个人。看来，是我们多虑了，我向你道歉！还有，咱家的规矩不能改，公私要分明，任何人不能搞特殊，所以你必须自己坐车过来。"

　　"爷爷奶奶，感谢你们给我上的这人生重要一课！"面对慈爱又充满正气的爷爷奶奶，小茹不由肃然起敬，她忽然觉得自己一下成长了许多。

"也许，你已经知道了故事主人公是谁。"讲完故事，周市长仿佛还沉浸在往昔的岁月中。

我怎会不知道，眼前这位可亲可敬的市长，就叫周小茹。

村长三多的事

都说当得了军长，当不了村主任，三多这个村主任却当得有声有色的，你想知道三多都有哪些好办法吗？

古夷村三多一当上村主任，就和爹约法三章：这个村主任是你让我当的，以后有什么事你必须听我的。

三多爹吭哧了半天：行，谁让我非要你当这个村主任呢！

俗话说，当得了军长，当不了村主任。上边千条线，都从下边一根针里走，这事那情丝丝络络的，一般人处理不了，这不古夷村很长时间没有村主任了，乡里干部急，村里老少爷们也急，遇事没个掌舵的，什么事情也做不好，想来想去，都去求三多来当这个村主任。

三多是个有名的场面人，在镇上做着小买卖，不想回来择把这个咸鱼头。众人没办法，知道三多是个孝子，就撺掇村里二爷等出面去讨好三多的爹，让三多爹做工作。爹一出面，三多没办法，就辞了买卖，回村当起了村主任。

三多一回村，就碰上个难题，清理村里的闲置宅基地。三多找到父亲，要他头一个把自家占用的旧宅基让出来，三多爹因为和儿子有约在先，要支持儿子工作，就主动把宅基地让了出来。三多爹同意，不等于全村人同意，结果三多因为清理"空壳村"得罪了几户村民，那些村民觉得自己当初请三多回来主政，如今又反对人家，不好说，就借口把意见发在乡驻点干部身上。二赖子和极有名望的五爷都去乡里上访，明里是反映乡包村干部工作作风霸道，实际是想保住自己的空闲地。三多听说这事，就找父亲要求去修理一下二赖子。二赖子是村里有名的赖皮，村人都持着好鞋不踩臭屎的态度，一般不愿招惹他，三多爹历来嘱咐三多凡事不要招惹这种人，说咱宁愿不当这个干部也别得罪小人，三多说晚了，现在扶上驴了，下不来了，不正正村风以后不好开展工作。三多爹没办法，就叹了口气：记着，千万别把事惹大了！结果，上访的一回来，三多抬脚就去踢二赖子家大门，对二赖子几句臭骂还朝那臭屁股踢了两脚，要不是二赖子老婆出面说情，三多还要来个更狠的。二赖子见三多动了真的，立马服服帖帖，表示今后坚决同三多保持一致。从二赖子家出来，三多又赶紧提上两瓶好酒奔五爷家，恭敬地说有什么事还用您老亲自出马，和我说一声就行了。五爷当即留三多一同品尝在北京工作的孙子孝敬的一瓶好酒，表示今后有什么事一定先找三多商量。三多趁机要五爷带头让出空闲地，五爷爽快答应。

村容村貌出现新变化，乡里把古夷村树为典型，就给村里配了一些红花绿草常青树，美化村子。村民不像城里的人素质高，见了那么多红花绿草都眼馋。一天夜里那苗木果真少了几株。第二天大街上贴出了大红告示，大喇叭里也连续播放同一内容：三多的爹把公共苗木挪走，罚款 500 元。大家就见三多爹红着脸拿钱去村委办公室交罚款，村文书把罚款的收据也复印了贴出来。老少爷们一看不是儿戏，再也不敢打那花草苗木的主意。

二赖子心里纳闷：怎的我偷走了苗木要三多的爹背黑锅，便有事没事地去三多爹那里"听墙根儿"，一天果然听到了秘密：三多爹正在训斥三多，你明知道是谁偷了树不去追究，却拿我树典型吓唬人，我的钱还不退给我？三多嬉皮笑脸地说：就等于敲山震虎杀鸡给猴看，如果他继续作践一定不饶他！我就是要外人看看，我连老爹都敢罚，谁还敢再胡来？这不村里经费正有点紧，权当先借你的，年底保证一分不少还你。三多爹半真半假地说：人家有个当官儿子能赚点便宜，我搭上钱还得帮着演戏！唉，谁让我当初出面求你回村干这个村主任！为了咱这个村，我认了！

工农干部尚安国

农村干部尚安国有名的不按套路出牌，却解决了一个又一个难题，他有什么高招？干部群众为什么会听尚安国调度？

小鸡不撒尿，各有各的道。尚安国在古夷县当了一辈子不大不小的官，有名的不按套路出牌。

国家设立植树节那年，县里给各乡乡里及各村下达了绿化任务，可有些人就是不感冒，特别是老鸹山村更是"难剃的头"，派了几批干部去动员了好几回没栽上一棵树，乡长急得嘴上起泡。时任乡副书记的尚安国说我去试试，当晚带着电影放映队进了村。银幕一挂、喇叭一响全村人几乎都到齐了，尚安国站起说："我今天碰到了一件怪事，说给老少爷们听听。我们在路上，碰到了一只鸟正在往别村飞，我说老鸹山人好呀，你怎么不在老鸹山落脚，你猜它怎么说？它说在老鸹山村转了三圈没找着一棵落脚的树，好不容易找了一棵还是个水泥电线杆。"大家一下静下来。尚安国趁热打铁："栽花不如栽树，养鸟不如养鸡，庄户日子修房子打家具离不开树，就是我们喘的氧气也靠树生产，那些空闲地，闲着白闲着，栽上树不要吃不要喝，到时给你挣钱挣吃喝，还等什么？"这一年，老鸹山村一下育了几十亩树苗，没出三年，那山上全变绿了。

他分管教育那阵子，北山村有名的美女民办教师何小凤突然怀孕了，许多人都怀疑是中心校长王鑫的功劳，说何美女是想收买王鑫弄个转正指标。王鑫勃然大怒，明察暗访发现是丧偶民师毛桥惹的祸。当时作风问题可以和民族气节相提并论，王鑫找尚安国要求大张旗鼓地开会宣布开除。没承想尚安国来了个脑筋急转弯儿："我给你说段老事，当年郑板桥坐潍县时，有人绑来一个和尚一个尼姑说他们不守清规私通，要求治罪，你猜怎么着，郑板桥哈哈一笑，判他们还俗成亲。"王鑫一琢磨尚安国话中味道，回去为二人保媒又主了婚，面子、孩子、位子都保住了，后来还都转成了公办教师。

尚安国当了乡长，去县委大院开会，别人车接车送，他却骑个自行车来了，门卫见他一副村农打扮拦下不让进。他自我介绍说是古夷乡乡长尚安国，门卫大笑："我是古夷县委书记夏（下）正民"！这小子姓夏不假，但不叫正民。尚安国也不恼，坐在那里等熟人。门卫还要驱赶，幸得真正的县委书记出来，才过了关。会议布置各乡镇做好准备迎接市领导检查秋种，书记赵三勤要求公路沿村突击消灭尚未成熟的玉米、高粱等"尽快铺开秋种摊子"，尚安国大唱反调："共产党讲实事求是，这样干伤天害理！"赵三勤声色俱厉："我们当干部的就要站得高一点！""老百姓是十月怀胎，当干部的站得再高八个月也生不出来！"由于尚安国的阻拦，赵三勤失去了当典型机会。

尚安国当了古夷乡书记，上级给他配了一个从办公室走出的"笔杆子"乡长周农，周农心里老大不服气，一心想来个大手笔压老尚一筹，亲自指导马庄的新农村建设树立形象，结果有几户为了多弄几个拆迁费，怂恿老人躺在路上："谁拆我们的屋除非连我们一块拆把了，不行我们全家到北京上访。"周笔杆子就要叫派出所来人，尚安国出场了："我今天就是为民做主来了，你们不愿拆谁也不能动，坚决给你留着！"几个老人乖乖地爬起来。尚安国帮助修改方案，以奖代罚，旧村改造很快接近尾声，马庄旧貌换新颜。后来，那几户看到自家房子灰头土脸的不像个样儿，主动到村里要求参加改造。

周笔杆子仍不服气，意欲与老尚比一比讲话水平，精心准备了讲稿在全乡干部勤政为民动员大会上演讲，讲完有几分自得地想看老尚的寒碜，不想尚安国只讲了短短几分钟："理论上的东西周乡长说得很全面准确，大家严格照办，我不再重复。我就强调一下我当干部的'小九九'，那就是，当官要记住一、二、三，一、一心一意干工作，二、做每件事要符合政策，对得起良心，三、要时时想着三双眼睛：上级领导在监督，老百姓在监督，我们的祖宗在天上监督！"

周农吃惊地发现：他给干部讲话，掌声从未这么热烈过。

自行车？一九七八

爷爷是负责自行车商场的干部，孙子却买不到喜欢的自行车，奶奶送给孙子一辆自行车，却又别有来处。这到底因为什么？

大发、小顺爷俩衣帽一新走进家门，大发媳妇喜滋滋地迎上来问长问短，扯了半天，忽然问起："我们求爹的那个事办了？"

大发有些惭愧："算是跟爹说了，可爹没答应。"

大发媳妇有些急："那你们带的钱都置办了穿戴？"

小顺嘴快："这些吃的穿的都是爷爷买的！"

大发媳妇有些急："这么说，爷爷待你们很好，那这点小事怎么会拒绝？快给我说说，到底是个什么情况。"

大发、小顺千里迢迢七转八倒地坐了几回车，风尘仆仆，终于来到了梦寐以求的大城市天津。本来大发怕父亲及后妈一家会认生，不想父亲、后妈一家对他们亲热无比，这才让他们稍稍放了心。

大发后妈拉着小顺的手怎么也亲不够："老天让我又多了一个孙子。"好吃好喝伺候不说，还一个劲儿地对大发说："你们也算认祖归宗，这些年，受了多少苦不知道，有什么要求，尽管提出来，我和你爹能办到的，尽量办。一家人，别说两家话。"

大发感慨万千。多少回梦里想起亲爹的模样，今天终于如愿，过去的苦算什么，庄稼人，谁不受苦。自己在村里有家有业，父亲是一个不大不小的官，将来能给儿子安排个工作更好，那是将来的事，如今就是媳妇想买一辆名牌的自行车，借着这回到天津来，把攒的一百多块钱带来，要央求父亲给用正常价格买一辆"飞鸽"自行车。这是全国三大名牌之一，普通人骑一辆这样的车，那可是莫大荣耀。不过这些车在商店里虽然摆着，却要凭票供应，一般老百姓买不到，到黑市上买，价格几乎高出一倍。大发觉得，这事十拿九稳，因为父亲从部队转业后，就在天津市一家商业系统负责，如今"文革"过后老革命重新出来工作，也该为自己人办点实事。

再者说，大发觉得提出买一自行车，父亲不会拒绝。当年父亲参加革命，母亲刚怀着大发，遭到"还乡团"疯狂追捕报复，无奈何母亲逃往外地避难，因为颠沛流离，母亲生下大发后得病故去，临终把大发托付给养父母，在苦水中泡大的大发直到前几年养父母去世，才知道了自己身世，抱着试一试的心态回到从未谋面的故乡，打听到了父亲在天津当官的消息，又经书信联系，大发终于和亲生父亲见面。大发父亲当年也是回家多方打听不见大发母子下落，这才死了心另娶，如今见了儿孙，自是百感交集。

商店里一排排自行车前，大发、小顺一个劲儿地看不够，小顺更是摸着自行车久久不愿离开，大发试探着对父亲说："这东西好买吗？"不想父亲淡淡地说："这是按计划凭票供应的，不随便卖。"小顺不懂事："爷爷，你不是管着他们吗，我们能买吗？"父亲爱抚地说："孩子，这规定，对谁都一样，都要遵守。"大发眼中的火一下灭了，父亲看在眼里，却没再作声。

像是安抚大发、小顺似的，父亲给买了许多吃食衣物之类，却始终没再提自行车的事。

大发媳妇听完，理解地说："这些紧缺物资，上面有政策，人人都想买，爹确实有难处，你想，谁都随着性子办事，国家还不乱了套？"

大发深表同感点头。这时门外来了邮递员，送来一张汇单，汇单上表明是一辆"飞鸽"自行车。邮递员羡慕地说:"你们可真有办法,我这天天跑来跑去的,也得不到这样一辆车!"

大发百感交集:"原来爹怕咱花钱,就在咱走后给咱寄来。也是,凭咱爹的本事,买这样一辆自行车还不是小事一桩。"

大发媳妇也感动不已:"咱得把钱给爹汇过去。能平价买到,就不容易了。"

大发捧着汇单看不够,忽然发现上面有行附言:送给小顺的礼物,不要寄钱!

几年后,大发的父母派大发的异母弟弟回农村看望大发一家,看到小顺依旧把那车宝贝一样供着,不由脱口而出:"是要好好爱护,当年妈妈花了四个多月工资,才从黑市上买了这辆车!"

多年后,已成长为某乡党委书记的小顺,依旧把这辆车擦得锃亮,虽然出发什么的有公车,但还是有事没事出去骑一回。

拯 救

村里丢了东西,在现场已被破坏的情况下,特派员却想办法诱出了作案人,人赃俱获之际,特派员却又放作案人一马。

俗话说,三春不如一秋忙,一到秋冬时节,老老少少忙碌不已,忙收,忙藏,忙来年计划,还要忙上级安排的各项任务。

干部忙,群众也忙,忙了地里忙家里,忙了个人忙集体,忙完村里忙镇里的,诸如政治学习,秋冬农田水利会战,缴纳公粮,征兵出工,暂时有点小空儿,又被村里拉去搞文艺会演排练。

这不，古夷村里正开会传达上级征粮任务，要求选最好的粮食，在最短时间内完成任务，要求作为一项政治任务来抓，并严防阶级敌人搞破坏。会上，村支书还宣布了一条令村青年欢欣雀跃的事——今年的征兵工作开始，要求适龄青年踊跃报名参军，保卫祖国。

可就在这节骨眼上，偏偏出现了破坏活动，村库房夜间被盗。

这可是了不起的大事，很明显有人想破坏公粮缴售，想给村里抹黑，甚至是给社会主义抹黑。

村支书接到汇报，正准备往镇上跑，村民大巧找支书汇报在村边的草垛里发现了一袋子粮食。支书一听，火速赶往现场，发现袋子上面有字，隐隐约约写着"二成"。大巧还推测说是不是先放在那里想过过风头再往家倒腾？末了又提醒支书，不能光看袋子上的字，搞不好是有人想嫁祸二成。支书派人保护好现场，立马跑去镇上报告公社特派员。

特派员五十多岁，据说是参加过渡江战役的老革命，在镇上很有威信，说话很有分量，连书记、镇长都听他的。特派员仔细看了现场，又在小本本上作了记录，之后又深入到第一失窃现场去看，末了胸有成竹地说："坏人做事，必定留下蛛丝马迹，肯定跑不掉。但我们也不能光凭袋子就认定作案人。"他按着电影《秘密图纸》上的样子把砸坏的库房锁包好，让村支书召集村人挨个在白纸上按手印，说要送上级化验。临走又对村民强调："三天之内找我说清算你自首。你要知道党的政策是坦白从宽，抗拒从严。"

数日后，特派员又来了，但没带来村民期待的结果：经查证这手印和村里人对不上号，说明这事不是咱本村人干的。

二成一家千恩万谢，感谢特派员主持公道为他家洗清冤枉。

这年征兵，二成和大巧的儿子都顺利通过体检政审，成为光荣的解放军战士。

数年后，二成、大巧儿子都回村探亲，二成带了儿子找特派员致谢："要不是特派员主持公道，不仅我们跳进黄河洗不清，就是儿子也当不成兵。"大巧也带儿子携礼去感谢特派员，那礼物厚重得儿子都不解："他是什么人，值得咱这样送大礼？"不想特派员不但没收礼，还送了大巧一盒香烟："看到儿子有出息，我就满意了。"大巧五体投地地感谢："你教我那做人的道理，我记一辈子。"

原来，当时大巧见事情包不住了，连夜悄悄找特派员坦白：自己和二成的儿子都想参军，听说上级只分给村里一个指标，一时鬼迷心窍就想栽赃二成把他儿子顶下去。特派员想揭示真相，又怕影响了大巧儿子前程，权衡再三，就把大巧狠狠训了一顿，瞒下了这事。结果两家的儿子如愿参军。

望着大巧离去的身影，特派员神秘一笑：只要你好好做人就好。也是你做贼心虚，当时现场早被破坏了，上哪去也化验不出结果。不想还真把你唬住了。

真实的假象

伍局长威信高，工作成绩好，即将离任之际才知道干部职工拥护他的真相，伍局长为此做出了一个大胆决定。

伍局长在社会工作局任职几年，勤奋有加，星期天节假日都搭上干工作，政声颇佳，全局干部职工也都唯其马首是瞻，一见面都是一副恭恭敬敬服服帖帖的样子。

伍局长愈加自信，处事更加果断和干练，每次召开民主生活会，伍局长也是潇洒挥洒万言后请同志们给班子给他个人提意见，结果一片叫好声，同志们不但没意见，反倒劝伍局长珍爱身体，注意休息，别不顾命地工作。有回甚至出了一个不是笑话的笑话，民主生活会上伍局长坚持要大家提意见，不提出意见不散会，郑康仁科长见状，主动站起来说："你有两个太糊涂，一个不足。"伍局长称愿闻其详，郑科长说："你对星期天和工作日的区别太糊涂，天天都到局里工作，你的不足之处是你的威信太高太高，就显得同志们威信低一些。"

如此再三，伍局长更加相信自己，干工作更加拼命，对同志要求更加严厉甚至于苛刻。结果政绩更加突出，引起上级组织部门注意，准备让伍局长到更高一级任职。

组织部门前后三次考察，每回都是赞声一片，无记名投票全是满票。于是，伍局长理所当然地即将高升，公示栏内都贴上了大红榜单。

令人没想到的是，关键时候，伍局长的前途竟出现坎坷，有人向组织部门提意见，说伍局长有这样那样不是。明眼人一看，知道是竞争对手施的谋略。

伍局长以为是个别手下人表面说好话，背后下毒手，心有不快。这天正在办公室里走神，忽然听到组织部长来电：你手下几十人在我这里，快想办法领回去。

伍局长知道终于有人跳出来公开叫阵了。不敢怠慢，快马加鞭，赶到组织部一看，原来是手下商长科等十几人一齐找组织部长请愿：伍局长廉洁勤政，劳苦功高，是我县干部中的表率，大家有目共睹，谁不让伍局长走，连他的八辈祖宗都是我们的共同仇敌！

组织部长大为感动，伍局长的眼不自觉湿润了。

伍局长感动异常，临行慷慨设宴感谢大家，并带头畅饮，表示不醉不归。

属下兴奋不已，大碗、大口吃喝，跳迷你舞，唱野驴派的大摇滚。

伍局长无限感慨：事不经过不知人，这些年，我老伍对同志们过于严格，有时自己也觉得苛刻，没想到大家还能这么对我……

众人也不回应，只是一个劲地吃、喝、跳、狂欢……

老商不胜酒力，几杯酒就喝迷糊了，上前拉着伍局长的手说："兄弟呀，咱爷俩偷说句掏心窝子的话，盼星星，盼月亮，终于把伍局长调走了，这些年他为了所谓成绩，为了突出和表现自己，全然不顾同志们的感受，逼着我们没日没夜地干不说，还喜欢听奉承话，越来越变本加厉，他再不走，我们有一半就要进疯人院！"

"果然是政声人去后，民意闲谈中。幸亏组织部门给了我一个改过机会。"伍局长如梦方醒，清清嗓子："同志们，静一静，告诉大家，今天是我个人请客，用的是《领导科学》给的稿费，尽管放心吃。我请这个客，一来是感谢大家，二来吗，酒后吐真言，多少年了，一直想听一点真实意见，果然听到了。同志们，我舍不得离开大家，鉴于同志们对我的态度，组织部门已经决定，让我继续兼任社会工作局的局长，之所以没说兼任的事，是怕大家有顾虑。下一步，我的工作就更忙了，一些事要靠大家继续配合！"

酒场一下安静下来，连商长科也似乎一下清醒了，众人又变得规规矩矩起来。

第二天，等着看商长科如何收场的人等来了一个令他们瞠目的消息：任命商长科为办公室主任，并奖励现金二百元！伍局长还特别发布了一个奖励制度：敢讲真话给局班子指出毛病提出合理意见的人，每季度奖励一次！奖励基金还是用伍局长的稿费出。

基层干部

别处来了客人，总是尽其所能，好酒好菜照顾，而到了朱道隐这里，一旦上边来了人，他总是当着面打电话要求如何如何准备，可一到桌上总是清汤寡水的拿不上门面……

"不要迷信我，我只是虚名，实际有事说了不算，还得集体研究。"来找朱道隐办事的乡亲，听熟了也记下了他这句话。

听归听，该找的还得找，这不，远房二叔又为儿子竞选乡长的事来找他拉选票，朱道隐满口答应："行，行，我保证投他，但别人投不投我不好干涉。"

二叔听完这句话，还是很满意："有你这个态度我就放心了。你兄弟这个乡长选上选不上，我不会怪你。"

另一名乡长候选人徐一兵也来找他，朱道隐满口应承："行，行，我保证投你，但别人投不投我不好干涉。"

夫人在一边听了直撇嘴："你到底要投谁呀？"

朱道隐嘿嘿一笑："谁合适我投谁。"

朱夫人指着朱道隐无奈地说："你呀，真叫人捉摸不透。"

"叫人捉摸透，那我还是朱道隐吗！"

说起朱道隐，还真是个谜，一直叫人捉摸不透，好像很精明，又好像个没心没肺的人，但人家在官场上却一直混得还顺溜，不由人不佩服。

朱道隐的长相粗粗拉拉，黑不溜秋的脸，说起话来谁听着都觉得很顺耳，碰到农民他会啦庄稼的事，碰到做买卖的，他会扯经商的手段，碰到老年人，他又谈养老尽孝那些事，见什么人说什么话，到什么山，唱什么歌。

别看他这么随和，但看上去随意，却处处极有分寸，从不把话说绝。乡亲们找他办个什么事，他从不一口咬死，只说这事我试试看，能不能成，不得而知，当然了，这都是些正当事，办了之后也不大张旗鼓吆喝，但若是不合政策或者什么的，求其办点事，他诉苦，我只担个名分，实际事说了不算。好了，我就说一说。事情特别离谱儿，也不当面给你难堪，就说将心比心，如果这事放在咱身上，你觉得该怎么办，求他办事的人想想也就知趣告退。

朱道隐为人称道的是他的开会办法。开会都是要别人先说，最后他才说，每个人都要对议题提出不同的看法来，不能一味说好。任何会不要秘书写稿，但必须事先讨论，列个提纲，到会上三下五除二地就讲完了，他说照个稿子念，哪有报纸上写得好？有人提醒他注意形象，你一镇之长，不能就说这么两句，怎么也得多凑几句。朱道隐大笑：我就喜枣核解板，当长则长，当短则短，说那么多废话有什么用，若是说多了管用，当年打日本、打老蒋的还用那么多年，还用发动人民战争，还用流血牺牲，成天坐那开会不就把他们打跑了。那天正在开会，有人来求办事，他马上命人去办：开会的目的为了办好事，以开会为理由不办事，不符合我们的初衷。

那回县财政局长来谈镇上公路建设费用支持，总投资需一百万元，局长只答应给九十万。朱道隐皱着眉头哀求，局长想看朱道隐的笑话，说朱道隐喝一杯酒给一万元，朱道隐二话不说，端起酒就喝，妻子听说，怕喝坏了，过来替他一杯，结果局长给了十一万，说是嫂夫人出马，一个顶俩，朱道隐一听，只要九万，那两万坚决不要，局长纳闷，朱道隐说出实情："我这里有个规矩，妇人不干政。所以这钱白送也不要。"

随笔随语

别处来了客人，总是尽其所能，好酒好菜照顾，而到了朱道隐这里，一旦上边来了人，他总是当着面打电话要求如何如何准备，可一到桌上总是清汤寡水的拿不上门面，他就批手下不会办事，时间一长，人们都知道他口惠实不至，很少到他那里去吃，每年他比别处乡镇省下的生活费，就是一个不小数目。上级开展群众路线教育实践活动，那些过去善于招待客人的乡镇都来他这里取经。

工商所的任所长哭丧着脸来找朱道隐诉苦，镇美食一条街的几家商户像商议好的一样，该交的费用不交，还对前去做工作的工作人员说些不三不四的话，真是秀才遇见兵，有理说不清，末了对朱道隐说："朱书记，这个所长我没法干了，我们只能搞微笑收费，人家不搭理这个茬儿，不管不问既不符合政策对其他业户也不公平，都说你书记道道多，给我们指个路子。"

朱道隐闻言大笑："亏你还是一堂堂工商所长，这么点小事就打退堂鼓？难道你还想动用公检法给你助阵不成？"

所长忙赔笑："哪里，哪里，再说你手里也没有那么些力量。"

朱道隐问明那几户欠费情况，转身从抽屉里拿出一包核桃扔给所长，让他如此如此办理。

所长心有疑惑，但还是提着核桃走了。

到了一条街，只见所长和一个工作人员两腮鼓鼓的，也不说话，到了一户就把单据递上，人家哪见过这阵势，赔小心问上两句也不搭话，见状只好如数把应交费用交足。

拿着一大把钱回去，所长与那工作人员每个从嘴里吐出两个核桃，笑得肚子要疼："这办法真灵！"

朱道能有名的"皮笨篱"也有奢侈浪费时候，那回从外地来了几个客人，他嘱咐夫人亲自下厨指导做了一桌好菜，亲自作陪，结果又喝高了，这些人知道朱道隐的酒量，想看他是不是真心招商引资，就说只要陪他们喝足，就把资投过来。夫人心疼，也没办法。

选举结果一出来，二叔的儿子只差一票没当选。回家夫人问朱道隐履行诺言了没有，朱道隐不置可否："人人都想当选，我只能投我认为胜任的。"夫人知道朱道隐投了二叔儿子的竞争对手，有点担心："到时二叔找你怎么办？"

朱道隐又是哈哈一笑："那么多人投票，谁知道我投他没投？"

赏春联

一进大年三十，家家户户忙挂春联，支书家的春联很特别：大门上只贴了大红纸，上面一个字也没写。村人费尽了心思也没琢磨出个所以然来……

一进大年三十，家家飘出肉香，户户忙挂春联，还有一大帮人结伴挨家挨户的看春联，有的还拿出小本记记划划的。在古夷村人眼里，春联不仅是一种喜庆标志，还体现出主人的思想和品位，家家户户都十分重视，要么自己动手，要么买上好烟请村里秀才给写，但对联内容必须自己敲定。

一片歌舞升平，一派祝福祝愿。传统的"梅开富贵、竹报平安"之外，种植黄烟大户李先贴出了"要想致富多栽烟，丰收靠党也靠天"，"撒可富"化肥代销户周后挂出"年年撒可富，岁岁大丰收"，小商品经营户吴老黑也贴出了"小买卖大信誉，过大年超大利"，或俗或雅别有意趣，一帮赏联人指指画画评评，十分惬意。

一大帮赏联人在村支书冯世杰门前停下，眼前的事让他们捉摸不透：支书大门上只贴了大红纸，上面一个字也没写。村人费尽了心思也没琢磨出个所以然来，又不好上门去问，村人有句老话"年三十死了驴，不好也得说好"，一帮人也都附和道："好！好！红彤彤！"王好古有名的心眼活，听村人说"红彤彤"心里一动，想起了当年民间盛传的一个段子：红卫兵要批斗陈毅元帅，陈元帅要求红卫兵打开毛主席语录第二百八十三页，书仅有二百八十二页，数到二百八十三页就是红彤彤的封面了，陈元帅领念道：伟大领袖毛主席教导我们，陈毅真是个好同志。红卫兵只好放过陈元帅。莫非……王好古似乎自言自语地说："真是个好同志！"其他人听了心里都一动。消息传遍了全村，一向与冯世杰有不同意见的赵浩功马上找来钱起立："今年咱到乡里上访反映冯世杰的事，他也当面表了态表示虚心接受批评，心里肯定记恨咱，不然这大红纸为什么不写字，是不是也学陈元帅把咱比做不懂事的红卫兵，表示他红彤彤没有污点是个好同志？""他这是向咱示威呀，那咱也得表示表示……"于是赵浩功、钱起立将备好的对联换成了"独有英雄驱虎豹，更无豪杰怕熊罴"，"人民团结如一人，试看天下谁能敌"，矛头直指冯世杰。村里孔家老二，平时脸黑时间长了心也跟着变色，虽自诩圣人之后但有名的爱出损招，听说此事，对联也换了花样而且用篆书书写："圣人静坐阅世代，秀才闲逸观水东"，其实是暗指坐山观虎斗，有幸灾乐祸之意。

贴罢对联，赵、钱只觉心气大畅，赵浩功拿出一瓶好酒和钱起立在那畅饮，席间上初中的儿子小功回来神采飞扬地说："真过瘾，支书家大科今天刚回家，拿着毛笔直接往那纸上写，春满九州和谐中华什么的，龙飞凤舞，真叫潇洒，一大群人围着都看服了，不住地夸！"

赵、钱一琢磨忽地想起冯家儿子大科在南方一大学学艺术，莫非冯世杰弄张大红纸等他儿子显摆？二人忽然同时叹口气："唉，

131

咱这心眼窄的！"

春节一大早，支书和大科来拜年，只见赵、钱两家和当年的书圣王羲之一样，门上的对联又换了，都是一个内容："兄弟一条心，黄土变成金。"

细心人发现，春节那天除了支书爷俩，村人很少有登孔家老二门的。

承　诺

风雪中已经牺牲的战士起死回生，这一奇迹是怎么创造的？

风云突变！狂风猛搅着不知有多厚的积雪，肆意暴虐，战士们埋着头、弯着腰、咬着牙，顽强地向山顶挺进。

空气越来越稀薄，气温越来越低，小吴觉得自己就像一只风筝那样飘摇，终于停下了脚步。

"小吴——"走在最末的脸庞清癯、身材单薄的年长军人关心地上前来搀扶。

"洪主任，别管我了，你们先走！不要因为我耽搁——"小吴大口地喘息。

"咬牙走！别忘了我们的诺言！"洪主任脱下一件衣服给小吴披上。

小吴一下想起过山前的情形：望着看不到顶的雪山，战士不免眼神发愣心发虚。洪主任的话令他们信心倍增："我们是战友，我们是兄弟姐妹！我们红军打不败拖不垮！要走，一块走！要留，一块留，我们决不会抛下一个人！"

受洪主任坚定的目光鼓舞，小吴一咬牙，继续前行。

眼看就到山顶了，小吴心里一阵兴奋。但明显感到脚步越来越沉，每抬一次脚仿佛要用尽浑身力气，终于一只脚落下，再也抬不起来。

"小吴！往前走！"洪主任过来一拉，小吴就势倒下。

"小吴，小吴！"洪主任和战友们急切查看，小吴已没了气息。

像传染似的，又有三个战士倒下。

战友们围上来，使出浑身力气，又喊又掐，四个人还是没有一点动静。

"看样子是……救不过来了，上坡的路很难，下坡更长，是不是把他们就地……"三营长征询地看着洪主任。

洪主任眉毛一挑，目光透出坚毅："我说过，要走，一块走，要留，一块留。就是累死，也要带他们走！"说话着，把小吴扶上了肩。

大家学着洪主任，七手八脚把倒下的人扶上背……

坚定的脚印继续向前延伸，一直越过山顶，伸到山脚……

"是不是把这四位同志入土为安……"三营长又来请示。

"先把他们抬进屋！让我和他们单独待一回！"洪主任发了一个出人意料的命令。

战士不情愿，怕影响洪主任休息，但没办法。

洪主任拉着战士的手，一遍遍地说着心里话，泪水一滴滴落下，三营长过来劝洪主任休息，洪主任摇摇头。

"洪主任！小吴的手动了一下！"三营长突然高叫起来。

"小吴！小吴！"洪主任惊喜万分。

众人听说，一齐上来又揉又搓。终于，小吴醒来了，其他三人也陆续醒过来。

小吴起死回生，见大家都围着他，不明白怎么回事："怎么了，

温暖满屋

我不是正和战友们一块走吗？”

"知道吗，我们都以为你……是洪主任把你背下山的。"

"洪主任，我……"小吴眼中满是泪水，感激地望着洪主任。

"还是那句话，要走，一块走！要留，一块留！我们决不抛下一个人！现在这样，将来还是这样！"洪主任坚定地回答。

带着这一约定，战友们相互鼓励，走过雪山，走出草地，走到延安，走到抗日战争、解放战争、抗美援朝的战场上，走到新中国的建设岗位上。

将军泉

从青年到壮年再到老年，任佃春一直在义务看护这片老栗林。他为什么对这片老栗林情有独钟？

"政委，这里前有树林掩护，后有大山屏障，绝对是打埋伏的好地方！"

"这回一定狠狠打击小鬼子气焰！前边有个老乡，再找他尽量多地了解些情况！老乡——"

滨海区蟒栖山半腰，正在栗园树下忙活的村民任佃春听到喊声抬眼一看，几位军人走过来，为首的那位正亲切地向他打招呼。

这是 1942 年的一个春天。

见是自己的队伍，任佃春一下子兴奋起来，停下活计亲热地迎上前来。

警卫员让那位首长模样的先坐下休息，又将战马拴在一株老栗树上，首长仰头看了看老树，忙过来检查马笼口："别让牲口啃咬了果树！"

任佃春一下子对这位首长亲近了许多。

"这片栗园有多少亩，这株老树有年头了吧？"首长亲切地问。

"二十几亩，这几棵大的是我们家的，听说是我爷爷的爷爷那辈道光年间栽的，我们家大半的收入靠它。"任佃春一点也不感到拘束。

"那可得好好看护呀！"

"那是自然。只是……"

"只是什么？"

"小鬼子一来，经常来骚扰，还给糟蹋了不少，瞧，那是上回扫荡时砍的！"任佃春指着几株只剩树桩的栗树，愤愤地说，"小鬼子吃了亏，就拿栗树出气！还有就是浇水不方便，山上没有水，得从山下挑。"

"小鬼子长不了，他们注定要失败！还有浇水的事，王参谋，来……"首长对王参谋嘱咐了几句，又小声商讨，"我看，是不是再往东一点，这样，就可以……"

"不，不行，那会增加我们的代价！"

"我们打仗为了谁，不就是为了老百姓？"

……

几天后，在栗园附近进行了一场残酷的战斗，八路军一举消灭了日寇和伪顽队伍好几百人。

那片古栗园，完好无损。

战斗结束，来了一伙扛锹拿镐的人，在栗林周围比比画画测测算算，选中了一个地方，一天时间挖出一眼水井。此后，那清澈的泉水竟能自动涌满水井，无论旱涝，一年四季不干涸不外溢。

任佃春听说，和乡亲跑去查看，水井已近收尾，领头的正是那位"王参谋"。

任佃春不解:"你们这是……"

王参谋认出了任佃春:"是罗政委叫我们来挖的!"

"罗政委?哪个罗政委?"任佃春呼吸都变得急促起来。

"我们一一五师的罗荣桓政委呀,就是上次和你交谈那位首长!为了保住这片老栗树,罗政委特意把伏击地点都往东移了。他听你说了缺水的事,就派我们的技术人员来为乡亲挖一口井,真是太巧了,还真挖出了水!"

"仁义之师!老百姓的政委呀!为咱舍了命打鬼子,还为咱过日子操心!"在场人听说事情原委感动不已,任佃春更是热泪盈眶。

没几天,那株拴过罗政委战马的栗树和泉边立起了两块石碑,上面镌书:将军栗、将军泉。

那是村民自发凑钱立的。

进入 50 年代后期,有人要伐那片古栗炼钢铁,村人舍命保护,说什么也不让动。

80 年代分田到户,村民不同意分那片老栗树,一直由集体经营。

从青年到壮年再到老年,任佃春一直在义务看护这片老栗林。

再后来,蟒栖山被开发为风景旅游区,任佃春每每给来人深情地讲述将军泉、将军栗的故事。

特别贺礼

柏双在仕途上和同事差距越来越大,便觉得自己的萎靡与郑家声有关。他心里一直解不开这个结,便想找机会点一下郑家声的死穴。

柏双会用什么法子？

柏双精心准备了一份特殊的贺礼，苦等了几年，一直没有机会送出去。

柏双准备送礼的对象就是古夷县的副书记郑家声。眼下，郑家声即将离岗退居二线。

当了多年的管干部的干部，经郑家声之手提拔了无数人，不少人对他感恩戴德，但他家的门外人敲不开。他总是那句话："有事打电话！"

郑家声的认真全县闻名，一般人不敢糊弄他。那回去参加一个畜牧工作会议，有个单位负责人作典型发言回去正在自得，却发现郑家声悄没声地过来单位暗访。由于材料上的数字比实际扩大了好几倍，郑家声劈头盖脸一顿猛怼，弄得那位喜欢搞数字游戏的干部轻易不敢再瞒天过海糊弄人。

由于手中执掌全县干部任免大权，郑家声一直备受关注。但他有个特点，正常的请示汇报可以，谁要想表示表示，哪怕是探探口风，他也会马上拉下脸，如果再有进一步的行动，他更叫你下不来台。有人开玩笑地说大公无私还不忘自己，也该为自己想想。郑家声严肃地说："我不但为自己想，更要替父母和孩子想，如果我因为仨核桃俩枣的丢人丢脸丢前程，会让他们一辈子抬不起头！"

同事、朋友想趁郑家声或家人过生日什么的表表心意，但他从不请外人参加；数着算着等他儿子考上大学正儿八经表示一下，可直到郑家声儿子上大一了众人才知道；大家不无遗憾地要表示一下"迟到的爱"，郑家声说别放马后炮，等儿子娶媳妇时一定请大家尽情热闹一下。众人这才释然。

那年单位准备提拔几名干部，柏双进入考察范围，出于对自己的实际估计，柏双觉得把握不大，顶多就是陪太子读书的差额人选。柏双想来想去突然灵光一闪，自己都笑出声来："这法子太妙了！"

柏双自以为得计，结果却事与愿违，不但没被提拔，还被郑家声找去谈了话，教育柏双不要走歪路，要靠工作赢人，靠事业打动人。原来，柏双买了一件和郑家声一模一样的外套，里面放上"内容"，打电话给郑家人说郑家声让他给送回衣服。事后，郑家声没对外声张不动声色地退回来，狠狠批了柏双一顿。

一步有差距，十步有距离。柏双在仕途上和同事差距越来越大，便觉得自己的萎靡与郑家声有关。心里一直解不开这个结，便想找机会点一下郑家声的死穴。

柏双还没等来机会，郑家声却离岗了。

柏双心有不甘，继续等待，终于等来了机会——收到了郑家声请柏双参加儿子婚宴的喜帖。

"政声人去后，民意笑谈中。"郑书记虽然离岗，来的人却特别多。

柏双早早赶到，递上红包却被拒绝："无论哪位，概不收礼！"原来，郑家声儿子早已在外地成婚，今天这场婚宴是特意补办的。

不知因为感动还是羞愧，柏双只觉全身发热，他拿出了那份准备了几年的特殊贺礼——一架微型摄像机，凝心聚气地录下婚宴的热闹场面当贺礼送给郑家声。

他是准备偷偷录下郑家声婚宴收红包的场面发到网上的。

第五辑　计高一筹

导读: 大千世界，无奇不有，奇人，奇事，奇闻，仿佛远在天边，其实就在眼前，看看我们身边，这样的事还真不少。

也许就是耳熟能详的那句话——三百六十行，行行出状元。尽管七行八作，干啥的都有，但他们有一个共同特点，把经常变成了经典。其中奥妙，读后自知。

奇　儒

不久，古夷城里改旗换贴，县衙里新聘了一名师爷，举止依稀有许先生影子，有人传说那即是许先生，但穿着打扮迥异，口音也不一样……许先生真的会死而复生？

"许先生——""许先生——"

这里曾是窗明几净书声琅琅的学堂，如今却焦土一片，只剩下残坦断壁焦土碎砾，一片狼藉。外出逃难回来的乡亲们急切地呼喊寻找塾师许先生，不见回应，有人已禁不住发出哭声。

这所学堂处于古夷城东著名的屋楼山麓，是当地有名的秀才许一清出资所建，四邻八村的乡亲和农家儿郎，都曾受惠于许先生。

想当初，这所处于名山秀水中的学堂，成为当地人的自豪。这里山清水秀物阜人和，是个令人向往的好地方。屋楼山周遭物产丰富，山上寺、庵俱全，有神泉、神茶及诸多胜景，据传，当年巢祖曾在屋楼山教人构巢而居，史书《通志》还专门记载了这里的著名景观——屋楼春晓。

学堂创始人许一清的故事，更是被人传得玄之又玄。许一清从小被乡邻称是文曲星下凡，有过目不忘本领。当年父亲把他送进古夷城中学堂，成绩让那些城里的孩子都望尘莫及。不到二十岁，参加乡试，以第一名的身份高中秀才。许秀才熟读经史，工诗，善书艺，尤善狂草，所书皆自撰诗联，从不抄录书谱。那年，附近几个村请他去写春联，整整半月下来，几百户人家，无一重复，一时引以为奇。更奇的是，许一清喜读书却不慕功名，中了秀才之后，不顾父母一再催促，来了个激急流勇退，成天侍奉在父母身边种地、读书，偶尔也会到外地做一些书笔类业务。古夷城里的知县听说了许秀才的奇才大名，数顾茅庐一力聘其到县衙任职，许秀才再三力辞，实在挡不住，便外出游学，遍览名山大川。每至一处，主人多置筵而宾待，请他留下墨宝，许秀才总是尽力满足。

未卜他年大及第，且喜今日小登科。进学不久，许一清尊父母命成家，虽是父母之命，媒妁之言，许一清夫妻却恩爱非常。不料天有不测风云，许妻某日突发恶疾暴亡，未留得一儿半女，许秀才痛不欲生。父母催再续秦晋，不从，催其外出参加科考，也不从，而是在家一力操持孝敬父母，又自修医术。妻走三年之后，许秀才忽然向父母提出外出参加科考，父母大喜，想儿子潜心修炼多年，才华出众，此去必当金榜题名，光宗耀祖。

多日后，许一清回来了，乡亲们纷纷前来问候打探，见许一清满脸喜气，想必高中，许一清却摇头表示名落孙山。众人不解，落了榜也能这样豁达。转而又叹这个世道：有德有才的人考不取，鼠窜狗跳之徒反倒高中，真叫人不能理解。

考试回来的许秀才又有了新动作，不久出资在屋楼山麓南面向阳处，购地数亩，筑房数间，四周架竹篱植荆围院，购置桌椅板凳坐帐授徒，四邻八村的子弟学费不计多少，只要肯来即接收。许还拿出一部分钱修桥筑路，施舍接济村中贫困人家。乡亲们欣喜异常，多少年来世世辈辈盼着让子弟入学，可惜没人教也没有学堂，如今才华出众的许秀才自己出资建学堂，又自任先生，这不是天大的喜事！不过乡亲们也有疑惑，这么出众的许秀才，为什么不去当官发财，又哪里来的这笔费用？

许一清的传道授业与众不同。他循循善诱，诲人不倦，课上不尽学习儒家学问，还教学生博采百家，又带学生修习农家百事，学暇，偕童子在屋楼山上对照书本识草木之名，广采草药，晒干制成多种药丸，春上闹瘟疫，他带学生下户发放自制的"除痢丸"，村人有伤筋动骨风寒劳累的，就送"止血定疼散"，为周围村里的人减少了许多痛苦。入馆童子没多久，便从愚顽变成知礼学子。村里人不胜感动，专门找人送来一副对联："饱读经史教孺子，精研内难济山民"，横批曰："望重儒医"。

后来，有一外地人来探望许先生，与先生亲密无比。后来有人传说这是个当官的，当年许秀才参加省试，本该高中，但许秀才无心出仕，只想应付一下父母，也试一试自家学识，途中结识了这位外乡人，见其为人处事还不错，只是学问差些，便与那人互换了试卷，那人家境富裕，了解许先生的志向后，自愿出资帮许先生建学堂。众人听说这事既惊且敬，更加看重许先生。

屋楼山上一舍身庵，有小尼姑智云与山下青年崔久相遇慕而生情，常私出相会。这智云老家原在屋楼山后三十里外，因自小体弱多病，父母经人指点送到舍身庵中修行。智云长大，身体一天天好起来，那一片心却被庵外的风景吸引，便恋上了山下村中青年。庵中主持窥知后踌躇不已，难以决断，因久慕许秀才大名，便亲自到学堂请教。先生微微一笑，提笔唰唰书一对联：池浅难容鸳鸯栖，天高自任比翼飞。主持微微一笑：谢许先生赐教。不久，智云还俗与崔久成亲，又恢复了俗名秀秀。

时光荏苒，岁月代谢，许秀才父母先后离世，自己也迈入知天命之年，只是一直独身生活，把那些学生看成自家儿女，悉心指点照料。不料风云突变，时到崇祯壬午，狼烟突起，闻有清兵来犯古夷城，城内遭遇洗劫，燃起的火光远在相距十几里外的屋楼山上便清楚看到。得知情况，屋楼山周围村民纷纷外逃，唯独许先生不为所动，不顾众人相劝坚持留下来看守学堂顺便瞭望周围村庄。

清兵远撤，众人回乡，却不见许先生。想起许先生的诸多恩德，众人心急如焚，挥泪在那烧残的灰烬之中拨弄搜寻，结果发现一具骸骨——肯定是许先生无异。众人不禁悲声同起。

几乎所有回来了人都参加了许秀才的葬礼，许先生的曾经的弟子自愿充当孝子，为先生执幡顶盆，老族长哀痛不已，不顾年高，亲自出面主持许先生的丧事，众乡亲如同失去自家亲人，尽心力操持，为先生筑起高高的墓茔。

不料，当天夜里，新坟被扒掉尸骨被抛散……是谁对先生有如此深仇大恨？有人欲重新填埋，却被一将信将疑的传说止住脚步。

那日秀秀回屋楼山外的娘家，因山远地僻，不知这方变故，在娘家住过多日后回村，半路被一骑兵撞见，硬把双手反绑，丢于马上，口中塞一手帕，不能说话。秀秀吓坏了，也不敢反抗，只想见机逃脱，那骑兵远远瞧见学堂，便催马过来，想在此行其不规。那贼兵将秀秀带进学堂，见许先生一手无缚鸡之力垂垂老人，本欲拔刀相向，思忖片刻可能怕血污烦扰，就将秀秀扔在床上，吓唬先生离开。先生满脸惊惧，畏畏缩缩，似是不堪一击，骑兵没大在意，不料许先生突然暴起，执一坐凳猛击贼兵之首，又猛击数下毙其性命。先生忙除去秀秀口中之物，将秀秀送回娘家，临走将兽兵拖进学堂，放火毁迹……

乡亲们四处打探，却一直没有许先生的消息。

不久，古夷城里改旗换贴，县衙里新聘了一名师爷，举止依稀有许先生影子，有人传说那即是许先生，但穿着打扮迥异，口音也不一样，再说那师爷姓念，单名一个午字，深居简出少与人打交道，加上许先生不慕功名众所周知，也就没人再信。

不过，满人的新政在古夷没有别处那么暴风骤雨式的推进，有人说这都是那位师爷的功劳。

村人又疑惑了：许先生懂医术，会易容，莫非……

爱情·一九七一

二超和四丫真诚相爱，却因出身问题遭遇鸿沟，无奈之下，二超和四丫选择离家出走，他们的爱情能修成正果吗？

二超和四丫同在一个生产队，高中毕业回村务农，几乎与四丫天天相处。

二超与四丫都是讨人喜欢的孩子。用当时的时髦话来说，二超就如同秋天里的红高粱那么淳朴可爱，四丫就像过多接受了阳光亲吻的红苹果那么招人喜爱。

当时有句话叫广阔天地大有作为，农家学生毕业后，基本上只有回乡务农这一条路，因为城里的知识青年都上山下乡到农村来了，农村青年还能到哪里去。

二超是个才子，吹拉弹唱样样在行，特别是一支竹笛吹得出神入化的，只要他的竹笛响起，村里的天空似乎都清亮了许多，村里排个小戏搞个文艺活动什么的，总是少不了他。四丫因为出身富农，没能被推荐上高中，初中毕业就回村参加生产队劳动，她不仅长相甜美，更难得的是有一副好嗓子，一曲《沂蒙山小调》唱得不亚于那个有名的歌手韦友琴。单从外在条件看，二超和四丫好比那金童玉女，才貌相当志趣相投，简直就是天生的一对地设的一双。

相处久了，二超和四丫的眼里果然生出了爱的火花。

二超吞吞吐吐向父母说明心迹，父亲表示坚决反对："四丫这闺女讨人喜欢，可千不该万不该，四丫不该是富农出身，你要和四丫结婚，今后咱家的路就断了。"

那年月，讲求政治挂帅，思想领先，一个人的出身在婚嫁中起到决定作用。根红苗正的贫下中农和地主富农、反动派坏分子右派等"黑五类"绝不能走到一块，龙生龙，凤生凤，老鼠生儿会打洞，否则，政治上受歧视，还有许多限制，不能当兵，不能入厂，不能上学深造，不能参加一些革命组织和活动……

二超不服气："伟大领袖毛主席都说了，不看出身成分，重在政治表现，四丫爹是富农，四丫不是，也没剥削过人。"

二超父亲道："说是这样说，可你看电影戏剧中那些坏人，哪一个不是出身差的？这都是不成文的规矩。"

二超不服气，又去找队长说，想在队长那里取得支持，队长的话意味深长："二超，就凭你叫我一声表哥这层关系，我和你说几句心里话，你刚走上社会，对社会的复杂程度还认识不透，你以为男婚女嫁仅仅是个人的事？这里边关系大着了。就算放开政治上不提，你们也不合适，你属大龙，四丫属兔，属相就不合，没听说'猪猴不到头，白马犯青牛，蛇虎如刀错，龙兔泪交流，金鸡犯玉犬，羊鼠一段休'，这可是关系到身家性命的大事。"接下来，队长又谈了同姓不联姻，潘杨不结亲，秦岳不成婚之类，还有姓曹的不与马牛羊朱之类结亲，草怕牲畜糟蹋，姓康的不与朱姓结合，因为糠是猪的饲料，把二超听得头都大了。

四丫红着脸向父母表明心情，父亲默不作声，母亲长叹一声："二超是个好孩子，我们都知道，可你哥哥今年都二十五了，再不娶个媳妇，咱家的香火……"

难怪四丫父母这么说，在农村过了二十五就算大龄青年，一般人家还好说，对于他们出身不好的人家，如果不想讨个痴哑聋傻当媳妇，唯一出路便是"转亲"或"换亲"，就是四丫嫁给别家，别家姑娘嫁到四丫家。

层层阻力，却挡不住二超和四丫那两颗爱慕之心，可面对现实，有时也束手无策，单独相处也是相对无言，唯有泪千行。

为了让二超和四丫死心，唯一路子就是快让他们找到对象。于是双方父母马不停蹄地托人为他们的婚事操心。

村里人从此很少听见那悦耳的笛声和四丫快乐的歌唱了，偶尔听到，却是阿炳的《二泉映月》，终于有一天，连《二泉映月》也听不到了，二超和四丫同时在村里消失了。

结尾一：二超与四丫的父母一下惊呆了，担心儿女想不开做出傻事，直到听到二人同时不见了，心里才大体有个底，对外强打欢颜，说他们走亲戚去了。二超父亲有鼻子有眼地说二超去了上海，他的一个远房姑奶奶生病，想老家人，二超去照看几时。四丫父母说女儿去了青岛，她的一个表姐坐月子需人照看，就让四丫去了。

二超、四丫的父母同一个心情：只要儿女不出事，糊弄一时是一时，能走多久走多久。

时间长了还不见二超和四丫的面，有些心眼活的就猜测二超和四丫一块逃出去过日子了，不过庄稼人的心地善良，这没影的事也不乱说。

开始，二超和四丫的父母都是一种急火火的表情，直到有一天，村人发现他们变得淡然了。队长追问是不是有二超和四丫的信儿了，得到的是一个劲儿地摇头。队长动用行政手段查阅二超、四丫家的来往信件，也不见二超和四丫的丝毫踪迹。

后来，村人渐渐淡忘了二超和四丫的存在。

几年后的一天，二超和四丫突然在村里现身，身边多了两个俊秀可人的孩子。这些年，国家政策放开了，四丫家也摘掉了富农帽子，能和正常人家一样享受各种政治权利。

原来，二超和四丫一起逃到东北，先是当了一段时间"盲流"，后渐渐在当地扎根落户，为了不让父母担心，也为了不让人知道行踪，他们都是通过外县的一个亲戚转递信件。

二超父母喜不自胜，四丫父母也倍加欣慰："闺女，幸亏你当初走了这条路，不然，你嫁个什么人家不好说，你哥哥也不会有今天的出息。"原来，四丫的哥哥靠自学在恢复高考后第二年考取了省城一家大学，如今在县城机关工作。

村人对二超和四丫的行为持赞赏态度："人挪活，树挪死，幸亏当初出去了，你看，现在多么好的一家人！"

结尾二：天黑时分，二超和四丫回了村。

面对父母的催问，二超啥也不想说，末了只说一句："你们想怎么办就怎么办吧。"

后来才知道，二超和四丫本想约好一起逃婚外出，可走到县城，举目无亲，前途无望，又改变主意回了村。

二超很快和生产队长的妹子订了婚。订婚那天，二超对着四丫家方向望了很久很久。四丫一天没见面，天黑才回家，两眼通红，不声不响地上了床。四丫娘抖索着过来，像劝自己，又像劝四丫："认命吧！"

不久，四丫就为哥哥换回了一个如花似玉的嫂子。嫂子一家是地主出身，不得已只好采取换亲方式。有道是一个荞麦三个棱，一母生百般，四丫嫂如花似玉，夫婿却有返祖现象，黑刺刺的挺瘆人。连新春正月都不敢登四丫家门，怕给四丫家丢人。村人普遍不看好这段婚姻，认为早晚得散，这不是一朵鲜花插在牛粪上，简直就是插在毒药上。

然而，事情并未像人们预料的那样发展，二超的笛声又响起来了，二超夫妻你敬我爱的，小日子过得有模有样，队长更是喜笑颜开，后来主动让贤让二超当了队长。

四丫夫婿表象虽差，却十分慧心，头脑活络，改革开放后活动着经商做生意，日子一天比一天红火。四丫生了两个孩子，模样随四丫，头脑一个比一个好使，后来成为全乡第一个清华大学学生。

二超和四丫偶尔也会见面，亲切却不亲昵，好像兄妹那样子。

计高一筹

司马懿十五万大军兵临城下，取西城如探囊取物，明知城内既没有埋伏又没有兵，他为何出人意料下令撤兵？

十五万大军，如蚁聚蜂拥，黑压压排下。那阵势，仿佛每个人吐口唾沫，便可掩没西城。

杀伐气息弥漫，愁云惨淡，空气也似凝滞。大兵压境的西城，如同汪洋汹涌中的一条小船，随时要被掀翻、淹没。

西城近在咫尺，已经能看清楚蜀兵的面目了，众将士跃跃欲试，觉得西城已是掌中之物，只等主将下令攻城。但他们不由怀疑自己的战果是否真实：一路过关斩将，势不可挡，如今兵临城下，直逼诸葛孔明，大名鼎鼎的卧龙就这么不堪一击？目光不由落在最高指挥平西都督司马懿身上。

司马懿凭马眺城，目光中充满迷离，将腰中剑拔起，又轻轻按下……

没有大敌当前的紧张恐慌，没有预想中的剑拔弩张和旌旗猎猎十分威严，西城一派太平景致：城门大开，几个百姓正在不慌不忙地低头洒扫街道，好像司马十几万大军不存在似的。

城头上，更是别样景致：诸葛亮披鹤氅，戴纶巾，凭栏而坐，仙风道姿，潇洒飘逸，气定神闲。左右二小童侍立，旁边香气缭绕。一架古琴，在诸葛丞相娴熟操持下，悠扬之音袅袅而来，正是那不知打动了多少人的《卧龙吟》。那情景，让人怀疑这不是金戈铁马的战场，而是高山流水的世外桃源。

束发读诗书，修德兼修身，

仰观与俯察，韬略胸中存……

肯定有埋伏！司马懿不由冷笑：那洒扫的百姓，虽是农人装束，却一个个身手矫健，分明是士兵装扮的。再有，如是寻常百姓，见我十五万大军犯境，一个个能这么旁若无人？不过，就算你有埋伏，我司马大军一路过关斩将势如破竹，如今乘胜进击，必定会再收硕果。

司马懿腰中的剑再次拔起……

但是……

拔起的剑又轻轻按下……

……凤兮，凤兮，思高举，世乱时危久沉吟……

龙兮，龙兮，风云会，长啸一声舒情襟……

司马懿再次冷笑：差点上当！别装了，分明是小小西城，无险可守，无兵可用，才摆出这副样子装神弄鬼搞玄虚，骗得了别人，骗得过我司马？龙困浅滩，虎落平阳，孔明呀，莫怪某家无情，实在是蜀刘气数将尽，不然，如何让我捡得这天大的便宜，得这天大之功！什么凤龙，马上就是我网中之鱼鳖！击败蜀刘，生擒诸葛，就在此时！

司马懿腰中的剑再次拔起……

……归去来兮我夙愿，

余年还做垄亩民，

清风，明月，入怀抱，

猿鹤听我再抚琴……

司马懿对城楼凝神谛听，仿佛陶醉于诸葛丞相营造的音乐境界，腰中剑又轻轻按下……

"都督，下令攻城吧——"

不用回头，司马懿就知道是那几双眼睛在说话。自奉命领兵，那几双眼睛一直陪伴左右，盯着自己的一举一动。他知道那眼睛来自那哪里，但又无可奈何。

"父亲，我十五万大军，所向披靡，战无不胜，管他有无埋伏，一声令下，杀进城去，定当踏平西城，活捉诸葛老儿，一报往日羞辱！"司马昭跃跃欲试，几不可待。众将士起步欲行。

"且慢——"司马懿声音不大，却极具威严，三军将士生生止步。

"急功冒进，兵之大忌！待我细心看来！"

此时，城楼上飘然欲仙的孔明，琴音一转，竟来挑逗了：

……

左右琴童人俩个，

我是又无有埋伏又无有兵。

你不要胡思乱想心不定，

来来来，请上城来听我抚琴。

天大的蔑视！公然的挑衅！要知道，司马一家几番风雨，也不是吓大的，刀山剑阵什么没见过？司马父子几曾受过敌人如此的侮辱？两个儿子忍无可忍，跃马横枪就要杀进城去。

"父亲，下令吧！"

"都督，下令吧！"三军将士已急不可待。

天上的云突然散去，露出太阳亲和的笑脸，把西城沐浴在温和的色彩之中，似乎掩盖了无尽的杀气。如果不是这么多顶盔戴甲的杀伐之军，不是这一触即发的战事，这将是一幅多么精妙的图画，一个多么温和的日子！

司马大都督眉间一动，神秘一笑，转而布上一脸疑云："传我命令，后军作前军，前军作后军，依序往北山路而退。"

几员大将似不甘心，欲走还休："都督，不可，何不乘势杀进？"

司马师、司马昭更不愿走："父亲，肯定是诸葛老儿无兵可用，故作此态，父亲切不可上当！天赐良机，机不可失！"

司马懿意味深长地看了周围将官几眼，朗声道："诸葛亮平生谨慎，未曾弄险，今天大开城门，必有埋伏。我军若贸然攻进，必中其计。岂不是上负天子隆恩，下负众人厚爱，切不可草率鲁莽，误我天子大业！听我命令，退！"

左右目光生出敬佩。司马师、司马昭仍不甘心……

司马懿威严陡生，正色喝道："谁敢轻举妄动，坏我大事，定斩不饶！退！"

……

司马兵马再回西城，蜀军已是人去城空，经验证先前确无埋伏。

司马懿派兵士四下打探，寻找可疑之处。他不明白，一向叱咤风云的卧龙先生就这么等着束手就擒？

士兵来报城下发现大量火药、柴硝之类，没来得及带走。司马懿恍然大悟：诸葛孔明无奈之下抱定死节之志，如我贸然攻入，必当同归于尽……

司马昭低声嘟嘟："果然城中无兵可用！若依我等，当时便杀进来，现在诸葛亮恐怕早已是阶下之囚！父亲总是过于小心！"

司马懿训斥道："竖子知其一，不知其二，我岂不知诸葛城中无兵？但如若生擒诸葛，只怕你我也成了阶下之囚！"

司马昭惊问何故。

"原来天下尚须用人之际，曹氏就疑我谋反，让我等削职回归田里，直到曹真数败于蜀，形势危难，曹家才想起复用我等。所以装模作样，不过掩人耳目罢了！岂不闻狡兔死，走狗烹……"

司马昭还是不大服气："父亲，只是你这一退，成全了诸葛亮的美名不说，还会遗人笑柄……"

司马懿仰天长笑："丈夫成大事何拘泥虚名？我这一退，得到的将是司马家的海阔天空！"

开元宫事

宫女难奈寂寞写情诗于边关将士征衣之上，当皇帝追究此事时，却出现了两个自认写诗之人。到底谁是真正的作者？

数丈白绫高挂，宫女素环将从那里走向死亡。

气氛压抑窒息，被迫围观的宫女一个个面露恐惧。

临刑，素环意味深长地朝人群中看了一眼，这一切，自然没逃过高公公的眼睛。

事情起因缘于一首诗。

"沙场征戍客，寒苦若为眠。战袍经手作，知落阿谁边？蓄意多添线，含情共著绵。今生已过也，重结后生缘。"当高公公把这首藏在边关将士战袍里的诗与战袍一起呈给玄宗皇帝时，皇帝脸色一变。

"这是皇甫将军派人送来的，这批战袍出自宫中，一位叫魏源的士兵从所分战袍中得到了这首诗，报告给皇甫将军，将军不敢隐瞒，不远千里派人呈送请示皇上如何处置。"

"这——"玄宗刚想下命令，突然话题一转，把问题抛给了高公公："你认为如何处理为好？"

"这个——"高公公看了一眼玄宗脸色，实在看不出阴阳，一时不敢出语。

"公公莫非有难言之隐？言者无罪，速作决断，一会儿贵妃娘娘还有事相请。"

贵妃娘娘？想起玄宗和贵妃娘娘轰轰烈烈那些事，高公公有了主意："我看，就依红叶题诗裁决，君子成人之美，这样可显皇上仁厚之德，天下必又多一段佳话。"

"不，我要严惩写诗之人。居宫不安，贸然题诗，扰我军心，乱我法纪，此风不除，徒增后患。你速查出写诗之人报我后再作定夺。"玄宗皇帝口气极为严厉。

"是。是。"高公公唯唯连声。很快，把那位自称写诗的宫女带到皇帝面前。

"边衣里的诗是你写的？你叫什么名字？抬起头来。"玄宗皇帝语气虽缓，但缓中带厉，不怒而威。

下跪的宫女抬头，眼中带有一股视死如归之气："是我写的，我叫素环。"

"你能背一遍那首诗？"

宫女从容不迫一字不错地背下。

"皇上，写诗者必是此人无疑，您下旨处置吧！"高公公请示。

"且慢，素环，你能依眼前之景再写一首诗吗？"

"好。素思宫外事，环转梦依依，不畏征战苦，挥戈对当日……"

"这样说，你不怕死？"玄宗皇帝话题一转。

"一人做事一人当，咎由自取。"

"好，既然你不怕死，我要当众处置，以儆效尤，肃天下之风。"玄宗皇帝说完，又对高公公耳语几句："速去准备。"

素环被推赴行刑之所。

"素环，你还有什么话要说？"行刑时间将到，高公公发问。

"咎由自取，无话可说。"素环依然保持着难得的平静。

"好，天律难违，别怪老夫无情——"高公公示意动手。

太监就要行刑，场外一太监手持圣旨高喊着飞奔而来："皇上有旨，留下性命——"

高公公当众宣读："……所以加刑以试，欲证其情，其情也真，其志也坚，不当罪之。特赐题诗宫女素环嫁与兵士魏源，以结佳缘，以续佳话。兵士魏源，忠心可嘉，特升为御前侍卫。"

众人欢呼，高称万岁，有的还喜极而泣，一个劲儿地上前祝贺素环。

素环走下刑台，从容跪地向高公公禀道："臣妾感谢皇上不杀之恩，只是我有欺君之罪，这写诗之人，原本非我，实是宫女如莹所题。臣妾不敢冒功领赏。"

众大骇。

高公公飞速跑去呈报皇帝："皇上果然料事如神，题诗之人原不是素环，确是另有其人。"

"言为心声，素环那首诗，与从边衣中搜出的那首风格不一，这里面肯定有问题。她那样从容赴死，这里面有文章。只是她为何甘愿冒死认承？"

"素环原本题诗宫女如莹的侍女，如莹曾有恩于素环，主仆一块被选进宫，旧主难耐寂寞题诗于边衣，事发知罪责难逃，惶惶凄凄，于是素环自愿以身相代，原为感谢旧主之恩。"高公公诉说事之原委。

"如莹本人也认承了。"

"认承了。"

"那她为何不在素环临刑时坦承？"

"如莹说了，她正欲起身相救，此时圣旨已到，只能作罢。"

"好。劳你再去宣旨。宫女如莹，题诗于边衣，扰乱军心，心节已失，忍看他人代己受诛而无动于衷，已失于义，节义俱失，其罪难逃，交由刑部论处。宫女素环，甘为恩人顶罪，临刑而不言悔，事明而不揽功，义节可嘉，忠贞可赞，嫁与魏源，封为夫人。"

"皇上圣明。"高公公乐颠颠的，跑得更快了。

奇 碑

"请不要侮辱我们祖上，我这里有证据。"专家正你来我往争持不下，一黑脸村人抱着一样东西冲开众人闯进……

黑脸村人透出什么秘密？

秋日的一天，僻远安静的古夷村突然热闹起来，村民在搞建设时挖出一通古碑，县文化局长洞若河闻讯带县里的知名专家、学者赶来，乡长带了好几个大盖帽帮助维持秩序，县电视台、县报记者长枪短炮的一齐上阵，忙个不停。

天下石碑无数，可这种龟驮石碑专家们还是第一次见到，以往的资料中也从未见过：碑身与其他无异，碑座乌龟却不像别的那样高昂着头，而是把头深缩进颈中，上与碑身齐。

石碑因何藏于地下，这又是一座什么性质的碑？本来碑文可以印证诠释一切，可惜文字大多漫灭难以辨认，仅从尚能认清的几字断定这是清代石碑，主人姓张，曾获科举功名。于是和那断臂的维娜斯一样，给人留下了丰富的想象空间。

"根据县领导要求，保护好现场，拍照留存，先让几位专家现场考察，拿出一个结论，统一口径对外宣传，对上汇报，做好后续处置。"洞若河边说边引导专家仔细观看，然后就在石碑旁边现场研讨。

"从牙齿看，这驮碑的是赑屃，龙有九子，其长赑屃，赑屃是长寿和吉祥的象征，触摸它能给人带来福气。这一点应当确定无疑。我觉得重点就是围绕赑屃作文章。我先抛个砖，各位专家，你们送玉？"洞若河边说边安排秘书作好记录，众专家微微点头。

"怎么，苏老，你先说……"见没人发言，洞若河开始点将。洞若河知道，这几位都是地方名人，研究领域也不同，都自诩学富五车才高八斗，自费也好公费也罢，都有著述出版，见面相互恭维，实则互不服气。

"既然洞局点将，那、那我就先说。我认为，这是一座德政碑。主人深得老庄精髓，道可道，非常道，名可名，非常名，此中大有深意。是非只为多开口，烦恼皆因强出头，主人意在教育后代学会明哲保身，有史为证……"地方文物专家苏行空侃侃而论，另几位专家已有人撇嘴皱眉面现不屑。

"我认为，这是一座思贤碑。我们古夷人一向有自重自强思贤向善之心，君不闻子曰见贤思齐焉，见不贤而内自省焉，据此推论，这就是一座思贤碑，主人之意在于向贤者看齐。"地方风物杂家尚自求言之凿凿。

"我认为，这是一座忏悔碑。"尚自求话音未落，考古专家辛瓷不容置疑地说，"这是古夷人的又一习俗，这一发现将会在古夷历史上写下新的一笔。肯定是主人生前做下了什么亏心事，故此为之提醒后人注意。"

苏行空忍不住反驳："你说是古夷人的习俗，俗者众也，理应众多，怎么迄今为止我们只见到这一座缩头碑？"

"时代的典范，能自律自省并能达到一定境界的人毕竟是少数。天下竖无字碑的也就一代天骄武后一人。"辛瓷很是自信。

史志专家吴忠有不由站起，别开洞天："这是一座警示碑。肯定是主人为人苛刻，工匠报复，故意给弄了这么个东西。"这一提法，连周围的群众都觉不妥，哗声一片。

"这是一座形象碑。主人曾获功名，长期在外当官，家属在家，寂寞难当，有人给主人戴了绿帽子，有这样一顶帽子，你好意思把头高昂着。"民俗专家莫旭友见解独到，一语惊人。

这下连乡长也觉得不可思议："给普通人戴绿帽子行，敢给上级戴，是不是不想活了？"莫旭友振振有词："电视上下人给主人戴绿帽子的司空见惯。"

"请不要侮辱我们祖上，我这里有证据。"专家正你来我往持不下，一黑脸村人抱着一样东西冲开众人闯进，"我在外打工，听说你们考察石碑的秘密就赶了回来，我家世代祖传石匠，专为四乡八邻的刻碑，破四旧那几年为了保护这石碑，也怕被追究罪责，就偷偷把碑埋藏起来，不想埋藏过程中石材断裂，我祖父就因材制宜重雕了一下。断下的龟头，被祖父藏了下来。这就是——"

洞若河接过，几位专家不约而同伸过头围观——正是那断下的龟头！

几位专家，红着脸缩头不语了，那神态，就像那石龟。

接线的故事

特派员连称奇怪：这贼有毛病不成，进来一回，什么也没拿，什么也没破坏，难道就是为了逗你玩？

这是个什么样的贼?

公社邮电局来了个水灵光润声赛黄莺的话务员赵小红,本来热闹的邮电局更加热闹非凡,听一听赵小红那婉转温丽的话语,心里真像喝了蜜一样舒坦。不少人冲着那莺声燕语温淑雅慧而来,尤其是机关里学校里的那几个小青年们,有事没事愿意打个电话,和赵小红打个交道,因为公社里的一切电话出入,都得经过赵小红的手转接。

公社干部钱志革也不自觉加入这支电话队伍,常没事找事地拿起电话机来摇两下子:"喂,那个那个小红呀,我是钱哥,你给我接那个那个……嘿,你瞧我这脑子,一会儿再说吧!"

钱志革四十多岁,长得壮硕高大,平日出门总是很注意收拾一下。别看老钱开会时一本正经,可一和女人打交道特别是单独打交道,就像换了一个人,成了猪八戒,一双眼不安分地瞅这瞅那,每句话都双关暧昧,但又叫你抓不着把柄干生气。夫人河东狮,出身干部家庭,父亲对钱志革栽培有功,钱志革在夫人面前总是规规矩矩,小心行事。河东狮知道夫君的短处,也知道他会阳奉阴违那一套,就隔三差五地敲山震虎。

这两天县里召开妇女代表会,河东狮是公社妇女代表,要参加会议,在县城住几天。临行,又对钱志革敲打一阵,每天晚上还往家打电话查钱志革的岗,让他不要到处乱跑。

河东狮不在,还要查岗,钱志革身在家中心里却乱抓挠。正想打个电话和赵小红套个近乎,电话响了,令钱志革没想到的是竟是赵小红的!怪了,平时自己打个电话,赵小红明显有厌烦意味,今天是怎么了。钱志革试探着说了几句,赵小红说是一个人值班怪冷清的,找个人说说话,嘘寒问暖的不说,还一个劲儿问嫂子不在家想不想。钱志革喜出望外,没几句就开始了"潜性性搔扰",一口一个小红叫着，那话渐渐叫人脸红……

老钱正在得意，电话里传来另一个声音："好你个没良心的钱志革，趁我不在家勾引狐狸精，看我不回家剥了你的皮！"钱志革立马蔫了：怎么成了河东狮？等明白过来已经晚了，自己被赵小红捉弄了！赵小红先拨通钱家的电话和钱志革闲扯，等着河东狮打来电话又给连上线，让河东狮听到钱志革对赵小红说的那些不着调的话……

第二天一大早，河东狮杀气腾腾地从县城杀回，拽着钱志革去邮电局找赵小红对质，不想没有见到赵小红却见公社特派员在那左查右看的。原来，赵小红昨天请了假，替她值班的局长家里有急事连夜回去，邮电局唱了一晚空城计，有人趁机打开玻璃窗子进了话务室。

特派员连称奇怪：这贼有毛病不成，进来一回，什么也没拿，什么也没破坏，难道就是为了逗你玩？

河东狮心里连连称怪：当时自己听着接线的也是赵小红，可她偏偏不在现场，不是赵小红，什么人又对自己和钱志革那点事拿捏得那么准？转念又想，鸡蛋不臭苍蝇不叮，都怪老钱花花肠子，回家先收拾他一顿再说！

淘　塘

全村人出动，齐心协力把塘水淘干，想从中找到我，我却正站在一边看热闹……

几十个壮劳力呼哧呼哧地喘着粗气，一桶一桶地从塘里往外舀水，旁边老幼妇孺的也不闲着，瞅空堵堵水沟什么的帮个小忙。

这么热火朝天的场面在干啥？

淘塘呗。

看来，你不明白啥叫淘塘，这样吧，举几个例子，你就明白了。庄稼人总是管一些活计叫淘，如淘米，淘金，你明白，淘井，就是把井里的水舀干，把脏东西挖出来，保持井水旺盛，淘塘，就是把塘里的水舀干，从里面寻找有价值的东西，庄稼人淘塘，多数是逮鱼。你没听说至今有人把寻找宝贝东西叫淘，对了，有个淘宝网。

你说那么大个水塘，一时半会儿的能淘干？告诉你，那时虽没有机械化和现代化，可庄稼人有的是力气，有一股热诚，一派赤诚，一腔信诚，能量大得很！

集体的力量是无穷的，大集体干活那场面你见过吧，没有，那听我给你说说。从前修路筑堤什么的都是大集体作战，全部靠肩挑手抬小车推，那时工地上，一个村的精壮劳力全上阵，有时全公社全县的人在一个工地上同心干，那场面真叫一个壮观，比宋丹丹说的红旗招展人山人海锣鼓喧天还要热闹。那力量，简直可以叫排山倒海，对了，就是毛泽东主席所说的人民战争，陈毅元帅曾说淮海战役是我们这里的人民用小车推出来的，那场面在电影上见过，我们县里有一座全省闻名的中型水库，就是全县人民用集体力量，两年时间移山填河造成的，你信了吧？

庄稼人的集体合作在休闲时也会用到，有一种狩猎活动叫"打围"，就是几十人甚至上百人围成一圈儿，在野地围剿猎物，那阵势，一般的动物还真跑不了。

噢，扯远了，还是说淘塘吧。

淘塘淘什么？这塘里可没有鱼虾之类，他们在淘我！因为他们找不到我了。

那个水塘，离村不远，是村民天长日久取土烧窑形成的一个大土坑，冬天枯水季节会干巴巴的，可一到了夏天又会浑浊兮兮地形成一大汪水，塘中央得有好几米深，底下净是烂泥。因为离村子近，这里便成了小伙伴们偷偷玩水的去处。来归来，我们却不敢造次，只在边上戏水，谁也不敢往那中间深水里走，我们连个"狗屎刨"都不会。大人们一而再再而三咬牙切齿地警告恫吓，可就是挡不住那污水塘的魅力，因为要到远处的小河里去，得有二三里路。不过我们也不怕，我们从课本上学了《小英雄雨来》的故事，雨来和我们差不多年龄，能像鱼一样在水底自由来往，连日本鬼子的枪弹都奈何不得，我们站在塘边，就幻想有朝一日能有雨来那样大的本事。

那天中午，我们五个小伙伴又悄悄地来到了塘边。起初在塘边嬉戏，不知过了多长时间，大约伙伴们玩腻了，忘记了大人的那些话，小建想起了雨来的故事，就大着胆子往塘中走了一步，其他小伙伴在一边拍手加油鼓劲儿。然而，英雄只能鼓舞斗志，却提高不了技能，只见那浑浊的水一下没过小建头顶，瞬间不见了人，只剩下两只手在水面挣扎。小清急了，赶忙伸手去捉，慌乱间抓住了小建的手，却一下被带进了深水区。小景、小治一见也是不敢怠慢，慌乱中想去拉伙伴的手，刚抓住，就像猴子捞月亮一样，一齐掉进了深水中。几个人在水里拚命挣扎，也许这时才明白，原来英雄不好当！

后来怎么样了？如果任其挣扎，只会越挣越往深水里走。有句话叫吉人天相，正巧有两个外村人从这里路过，见此情景二话没说跳进塘中一个一个地打捞，不长功夫，四个人一溜排在塘边趴下，往外倒肚子里的水。两个外村人像对他们儿女一样着急，一边不停地拍打，一边喊叫着。

得知消息，村里大人们像吹响了锋号一样冲来，七手八脚帮忙，过了老长时间，几个小伙伴陆续缓过来了。

村人们松了一口气，然而接着吃了更大一惊，因为几个小孩子中少了一人——我！

这还了得，几个水性好点的村民二话没说，一个猛子扎下去，四下寻找，但没见踪影；几十个村民手拉手下去，开展地毯式搜索，希冀发现我的踪影，结果大失所望；老渔夫回家拿来了鱼网，满塘里撒，还是不见动静。父母在一边几乎瘫倒，生产队长牛广力大手一挥，吼出了两个字——淘塘！

有个成语叫海水斗量，那么大个水塘，岂是一时半会能淘干的？可当时除了这样别没办法，村里连个抽水机都没有。全村的劳力几乎都来了，人民战争真是力量无穷，那水塘硬是被生生淘下半尺深，队长一边起劲淘一边给村民鼓劲：大伙使劲，这比愚公移山要容易多了！

一边淘，几个村民又准备下水排查。我提着一串泥鳅老远看到一群人在塘边，不知这里发生什么事，拼命跑过去挤进去问："淘什么宝贝？"

问的人头也没抬，依旧呼哧呼哧地拼命舀水，有人回过神来："小平在这里！"

不啻一声惊雷，全场人动作瞬间停下来，齐刷刷把目光投过来。

父母闻声过来，一把揽在怀里不愿放开，父亲回过神来，举手就要打："你这狗东西，跑哪去了，让全村人都在这里找你！"

我没想到事情会这样。我结结巴巴说明那会儿忽地想起有人说村外几里远的小河里有很多泥鳅，就去淘个小水汪，捉了这些泥鳅，当时见小伙伴正玩得高兴，便没吱声……

父亲喜怒交加，高扬的手揪揪我的脸，又瞄了下我的屁股，最后终于落下了——父亲狠狠打在了自己腿上！

全场大笑！

......

讲完这个故事，老王局长意味深长地说，这回你明白了，为什么我退休后又回村当村主任，我不是贪图什么权力，因为我欠乡亲们一个情，更怀念和享受集体的力量。

变　通

尼姑和尚相恋，为世俗不容，好事者想借郑板桥之手给整治他们，郑板桥用什么法子保全二人？

县衙外有人击鼓喊冤。

大户赵万钧等人，吆喝着押送一对青年男女进来。

那女子十分眼熟，这不是惠月庵中的惠智尼姑吗？

这个和尚，郑板桥没有印象，师爷附耳介绍：玄心寺中的和尚玄语，出家前就和惠智有牵连。

这个惠智，俗名花含笑，原是河南村花老汉的宝贝女儿，不想花老汉媳妇临死没钱安葬，借下了大户赵万钧的银钱还不上，赵万钧要花老汉将女儿嫁给他作妾抵债，花含笑誓死不从，双方闹上县衙，要郑板桥公断。

玄语和尚出家前姓周名方，与花含笑是表兄妹，自幼青梅竹马，长大后也是各自倾心。然而花老汉因为欠了赵万钧的钱，周家也出不起这笔钱，花老汉被逼无奈，才答应大户条件，让女儿嫁过去作妾，赵免除其债务。

堂上，赵万钧得意洋洋，拿出婚约，请求郑板桥公断。郑板桥一拍惊堂木："花家女儿，自古杀人偿命欠债还钱天经地义，你有什么要说？"花含笑当面叽笑："亏你还是人称青天，不想一样的是糊涂官。"郑板桥倒不恼："我怎么糊涂了？""自古男婚女嫁是两情相悦之事，捆绑不成夫妻，强扭的瓜不甜，赵大户偏要我嫁过去，这于情于理不合！"赵大户则表示债已免除，婚约在手，花含笑不嫁过来不行，除非你不在这个世上了……花含笑怒目而视："想让我嫁过去，除非我死了。"郑板桥忙打圆场说："圣贤道，穷则变，变则通，通则久。刚才赵乡贤说债务已免除，除非花家女子不在这个世上方可不嫁，我觉得不在这个世上并不等于只有去殉死这条路，世间常说遁入空门，空门，这不也是一条摆脱世俗之路？我想，这事解决还有一条路，那就是让这位女子舍身佛门。岂不万事皆空。"

一听此言，花含笑当即表示愿入佛门清修，面壁思过；赵大户话已出口，进退两难，只好硬着头皮应承。双方签字画押，了却此案，花含笑进惠月庵修行，法名惠智。

周方听说表妹当了尼姑，顿觉万事皆空，也进玄心寺当了和尚。

事情不到两年，这两人又回来了，到底怎么了？

原来，花含笑出家后，耐不住青灯黄卷之寂寞，天天思念表兄。后来出门办事与当了和尚的表兄相遇，旧情复燃，双方想方设法创造条件约会。花含笑想和表兄远走他乡，不想被赵大户的人发现，扭送过来。

赵大户得意不已，诉称这二人不守佛门清规，玷辱佛门清静，如不重判，民心不服。

郑板桥思虑片刻，对花含笑、周方问道："此事当真？"二人点头，郑板桥又问："你们后悔吗？"二人称为情所牵，无怨无悔，只是辜负了老爷当年的一片心，如今任凭老爷处罚。

郑板桥并不生气："既是为情所困，说明尘缘未了，故而做出这等事来。"

赵大户一见时机已到，趁机要求郑板桥严惩，不然，于情，于理，都不见容。

郑板桥似是胸有成竹，提笔唰唰唰写下一段判词："一半葫芦一半瓢，结成良缘好承桃，了却一段风流债，记取当年郑板桥。"

听完，赵大户气得嘴都歪了："自古到今，哪有和尚、尼姑成亲道理，他们根本不配做出家之人！"

郑板桥微微一笑："圣贤有语，穷则变，变则通，通则久。他们不配做出家之人，我就判他们还俗。和尚尼姑不能成亲，普通人男婚女嫁，则任何人不得干涉！本县此判，立即生效，若有无理取闹者，将严惩不贷！"

"判得好！"围观者一片叫好声。

赵大户及其随从灰溜溜地离去。

另类报复

从那时起，半夜里李悟总听到一种哀怨的叫声在他家四周响起……

李悟到底听到了什么奇怪声音？

半夜里，李悟起床到院中小解。

此是月已下弦，在天上只有弯弯的一线，黑地里看东西不甚分明，李悟无意间往院周墙上一看，登时目瞪口呆：四周墙上无数个神秘的小脑袋往这里看，奇奇怪怪，似在指指点点……

李悟吓得屁滚尿流，"咣当"关上门，半天没喘过气来。定下神来还在思考刚才是眼花还是确有其事，小心地再次从门缝往外看，清冷冷的月光下，一片寂静，哪有什么东西。这下他更怀疑自己的精神是不是出了问题。

这些天，李悟的耳朵里老是响着一种奇特的声音，把耳朵堵上也挡不住。

这声音折磨得他心神不定，寝食不安，特别是夜静更深时候，常常会从恶梦中惊醒。于是，每天睡前，李悟不得不借助几杯酒才能睡下，每时每刻总是不由自主地想捂住耳朵。

这事是从自己怂恿鲁二建去干那件事后开始的。

难道，难道这事干得伤天害理，是老天在惩罚我？

李悟苦笑着摇摇头，他从小受到唯物主义、无神论等教育，从不信神疑鬼的，只是这次却硬被缠上了。

近两年，生活富足了，偷鸡摸狗的人少了，想吃天然食品的多了，村人鲁二建受高人指点，承包了一大片山地，用土办法放养山鸡，不用饲料用粗粮，还实行公母分片，对外号称天然童子鸡。没怎么广告，就被人预购一空，那些人怕鲁二建改了主意，早写好合同预付定金。鲁二建货没出手手里就握了厚厚一大迭票子，做梦都笑出声来。然而有一天，他却笑不出来了：那鸡莫名少了十几只。

鲁二建为人热情厚道，没得罪人，三邻五舍的还时常送点东西联络感情，村人是不会打他的主意的。鲁二建只好加强防守，然而没过几天，那鸡又丢了几只。

不见人的踪迹，鸡却莫名地减少，鲁二建百思不得其解，但当有一天他听到那声熟悉而陌生的叫声时，疑惑的目光转向树林深处，这几年，生态环境的变化，往日那些一度绝迹的野鸡野兔又回来了，连野狐也回来了，难道……鲁二建又摇头：不可能，这东西不会轻易作践人，你看《聊斋志异》里比人还讲义气。

李悟似是不经意间现身，说是在树林深处一处天然山洞边发现了鸡毛等物，不知怎么回事，鲁二建闻听赶去一看，火冒三丈，据称这里有野狐，肯定是它们作怪！鲁二建一怒之下找来柴草等物放在洞口点燃，浓烟顺风往洞里钻……从洞的另一出口传来惊慌失措的野狐叫声，它们弃洞而逃。

从那时起，半夜里李悟总听到一种哀怨的叫声在他家四周响起……

折腾了一夜的李悟最终做出了一个惊人决定。天一明，他带上两瓶好酒和一笔钱去找鲁二建，诚惶诚恐地道歉：我鬼迷心窍，偷了你的鸡卖了，为转移视线，让你移恨野狐……

鲁二建对自己的鲁莽后悔不迭：你这不是逼我栽赃陷害怨枉好人？

为表示自己的诚意，鲁二建特地丢了几只鸡在那野狐出没之处，以赎自己过失……

也怪，从那之后，李悟的耳朵渐渐清亮了……

李悟找到鲁二建：我明白了一个道理，人不能伤天害理，天地万物之间，都需要和谐相处。

达 人

所谓达人，并非有什么先知先见之明，而是无论遇到什么事，都能想得开，看得开。

温暖满屋

　　我去见达人时，达人正有滋有味地咪着小酒，桌上摆了一盒很上档次的带有华表图案的香烟。

　　我不是来找达人显摆，我是来找达人道别的。

　　见我来到，达人从包装精美的纸盒里拿起酒瓶，小心地倒上一杯：这是上回老福回村时送的，你来一杯。老福是达人村里目前混得最好的一个，在上海的一个什么部门负点责，能和他扯上点关系，很多人视以为荣。我摇头说不喝，他边放杯边说：你可不够兄弟意思，来了，就该尝一口。这一说，我倒不好意思了，不能拒绝了人家好意：那就喝上一口。于是我伸手拿过酒瓶自己倒了一小杯。不知有意无意，达人见我端起酒杯，脸色竟有些尴尬。我一尝，才觉得这酒不对劲，就是当地的白干味。我一下明白达人肯定是另外换上的酒，也就明白了他刚才为什么尴尬。好在我也算在场面上混过的，尽量装得若无其事：好酒，就是不一样。见我一说，达人高兴了，又拿起烟盒从中抽出一支烟，略让了一让，我一瞥，见那烟商标和烟盒上不一致。

　　我故作委婉地表达了我的意思，听说你在县上人事局有关系，想求你办个事。没想到达人很痛快：行！尽管说话，反正现在学校正放假，我进个城也不用请假。但当听说我要一块进城时，他竟面有难色。于是我说出真正来意，我必须要到县里去，因为我调到县里工作了。

　　接下来，我就瞪了眼看达人怎么反应。

　　达人大我几岁，我们两个同在镇上学校教书。我整天忙于业务，达人却在教学业务之外发展。达人的洒脱博闻广交有能耐很是出名。因为他似乎什么事都懂，又什么事也能办，什么场合也能应付，因此得了个雅称——达人。时间长了，校长慧眼识才，扬长避短，请达人做了后勤主任，一下成了学校领导，这样，达人更加如鱼得水。达人在外工作，老婆在村里，回到家就有一群老少爷们来找他说话喝茶，回到单位又时有村人提壶携浆来请他吃酒帮助办事，一般人眼里，就没有达人办不了办不成的事。

当时庄户人最缺的是化肥。由于镇上供销社实行双轨制，找经理批个条子可买计划内的化肥，和计划外的差别十来元。每当村里人来求达人帮忙批个条子，达人总能去找供销社主任买来一袋计划内化肥，哄得老少爷们眉开眼笑的，虽然他们请达人吃酒的花费远比差价多，但总觉得有面子。事后达人总是提上东西去答谢主任，有心人一算计，达人那礼物比差价贵不少。

在学校里，一到晚上，达人就到各家去串门，碰上人家吃饭，也不计较什么下酒菜，坐下就和主人碰酒杯，还一个劲儿地问对方有什么事需要帮忙，有的恰巧有事，达人便又拉来那能办事的人来一块吃酒，或拉了那找能办事人的人去吃酒，有些事立竿见影，还真办成了，但有些事办来办去便没了下文。每天饭后，达人的脸总是红扑扑的，一坐下就云某某又请他吃酒，弄得一些很长时间找不到酒场的人很是羡慕。

达人家养了一只肥猪，婆娘又是水又是菜又是泥又是土的伺候到了快三百斤，好几拨来买猪的都没舍得卖，那天达人回家过星期天，碰上个猪贩子，两片嘴轻轻一碰，就把猪卖了。达人家的猪喂得好，出肉率高，猪贩子赚个便宜忍不住向达人卖乖：其实呀，每斤再加一角，我也照收不误。要放在一般人，那脸早拉得老长，哪料达人大度一笑：实话告诉你，每斤再降下一角，我也想卖，早伺候够了。

达人卖了猪，那钱就揣进口袋里，加上当月发的工资，厚厚一大迭很是可观，见人就大度地说：谁有事尽管说！

见达人如此，恰就有人信以为真，跑到达人那里想借马跑一段，求借几个。达人先问明那人的目的用途，爽快答应却不掏钱：这是给前村的王老三准备的，今天下午五点前必须送到，不然，咱成了什么人了，等他这边事了了，我再给你。那人过几天又去，达人一拍头：哎呀，那天让乡文书请我一顿酒喝晕了，把这事给忘了，你再等我几天，等王老三那边过来信就给你。要不，要不，下周吧，我从单位给你拽扯几个。那人下周又来了，达人一拍脑袋：你说不是驴不走，就是磨不转，这两天会计去县里培训了，一直没在家，要不等下周？

听说这事，我一直为达人的作为所不耻。有回有意无意地问达人：你好好答应人家借钱，却为什么一直不往外掏钱。达人把眼一瞪：你以为我的钱就是大风刮来的。他借钱不办正经事，买这买那乱折腾，我能助纣为虐？当时我有点瞧不起达人，就会嘴上说好听的一点不办实事，后来听说他村里一五保老人治病时缺钱，达人一下支持了好几百，后来那老人死了，达人的钱一直没收回来，却从没听他为此诉过苦，我这才对达人有了新认识。

一进单位，达人就夸自己在村里如何如何，一进村，达人就夸自己在单位如何受器重。和达人一块出门，总是见达人故意拿出架式慢悠悠地和人说话，弄得别人觉得很有干部架式，时间长了，达人也觉得这架式挺好，一出门就换成这个样子。

那时节正时兴跳槽，许多不甘寂寞的人都在找门子托关系往党政部门钻，每回达人总是说这里请他那里聘他，并一再许诺：等我进了党政部门，我就找领导推荐把你调过去当公务员，别的不行，先端个茶倒个水的总可以吧。

没想这回我真的到了党政部门工作，不过不是托人走后门，是通过考试选拔的，因为是在假期中进行的，学校里许多人不知道，包括达人。

开始达人以为我在开玩笑，应对道：别和你哥哥玩这个，你这个水平能到县里工作，我这个后勤主任可要到省里工作，要去，也得咱俩一块去。我半玩笑地说：我就不等你了，我真的考到县里了，明天就去报到。达人一惊，继而一笑：我早看出你行，行，人就得凭本事干，去吧，好好干！不过，别忘了我们这些老交情！

赌 婚

听说过"我拿青春赌明天"，却没听说过敢用自己的贞节名声赌一辈子的婚姻，贞贞这一赌把自己推向困境……

昨天晚上，村里最好看的闺女贞贞，被人坏了贞节。

尽管好心人不愿相信这是真的，消息还是在古夷村传开了。

古夷村民风淳朴，男人重名节，女人重贞节，前些年村头还立有表彰节烈贞妇的贞节牌坊。贞贞是村支书李大建的女儿，前些日子刚和李村乡贫协主任的儿子二青订了婚。贞贞和二青原是初中同学，知道二青的德性，学问一口吃不进，吃东西像饿鬼，见到女生像猪八戒，就说什么也不同意。无奈李大建贪恋对方权势，一副死驴撞南墙样的坚决，母亲又以喝农药上吊相威胁逼迫，贞贞只好屈从，虽然拿了定亲的彩礼，但一直不愿登婆家的门。那天晚上李村放电影，贞贞和女伴结伙看罢，贞贞一直拖拖延延，俩人就落在了最后。半道经过一片树林，贞贞让女伴等候说要方便一下，突有一蒙面大汉跳出将贞贞拉进树林深处，听到贞贞尖叫，女伴没命地喊叫，村人大安不知从哪里冲出来，把披头散发衣衫不整的贞贞救了出来。

悄悄回家，贞贞娘惊问："被那畜生成了？"贞贞只是小声哭，娘先是咬牙切齿后是叹气，连夜去找贞贞女伴，千万别往外说。大建怒不可遏，就要去公社报案，贞贞不让去，贞贞娘也阻拦："还嫌丢丑不够呀？让贞贞婆家知道就麻烦了。"

好事不出门，恶事传千里，事情还是传出去了。这天贞贞刚要出门上工，二青家早派了媒人过来退婚。贞贞疯一样大笑："好！好！"把定亲的彩礼包袱使劲往外扔。一旁人惊诧不已，就怀疑贞贞受刺激大了，私下叹息可惜了这个好闺女。

东方不亮西方亮。退婚的媒人刚走，村里大成家托人来提亲。大成有模有样，人厚道，学问也好，只是家里是富农出身，又因母亲体弱多病家境差些。李大建本来怎么数算也数算不到大成头上，可此一时彼一时了，再说这孩子原来就一心想和贞贞好，就有些动心。大建夫人叫来大成："你知道了贞贞的事？"大成点头。"你不嫌她？""贞贞在我心里一直是宝贝！我就怕因为这事贞贞受影响，想让她早一天进我家的门。"于是亲事就定下了，很快举行了婚礼。

婚宴上，大安喝多了，醉啦吧唧地让大成感谢他，说要不是那晚他拉贞贞进树林又出树林，现在贞贞已是乡贫协主任的儿媳了。大安是贞贞从小到大的同学，两人好得像兄妹，李大建一听，真是肥猪进屠宰场自寻死路，这个案子一直没破，原来是你作孽又装好人！是可忍孰不可忍，瞒着众人连夜叫来公社特派员，把还没醒酒的大安抓到大队部审问。

大安一下醒了酒，赶忙说那是和贞贞合计好的："当初贞贞偷偷和大成好，支书硬逼她和乡贫协主任的儿子结亲，贞贞想来想去就找我配合做场戏……"

贞贞听说，也赶忙过来作证："你们冤枉大安了，那晚我们约好在树林做一场戏，既为了逃避这段婚约，也为了考验一回大成……"

四黑和二柱

有人说，学好数理化，不如有个好爸爸，然而，二柱有个好爸爸，却最终因此误了一生，你想知道二柱走的路吗？

　　四黑和二柱同年同月生，打小是朋友，因为二柱学习不怎么样，降了一级，俩人便成了上下级是同学。四黑早毕业一年，回村当了教师，等二柱回到广阔天地，学校教师早一个萝卜一个窝占好了，没奈何，二柱当支书的父亲让四黑下来，二柱顶上那空缺当了风刮不着雨淋不到的教师。四黑见了二柱照样打招呼，倒是二柱有些不自在。

　　当时村里正在修水库，四黑报名参加了"古夷村青年突击队"，天天和一班铁姑娘摽着干。工程需要用石夯砸实地基，砸夯时，常常是几十个整壮劳力集中在一起，一溜儿排开，三五人负责一个石夯，需要有人领喊号子协调统一动作，否则容易碰手伤脚什么的，缺个人喊号。领喊夯号是"好汉子不屑干、赖汉子干不了"的活儿，大丑不怕羞，只是肚子里没几句话，喊不上两句就卡壳，支书在一旁看着着急，又把二憨推上去，二憨肚里有货但像哑巴吃饺子一样心里有数吐不出来，支书又把三富推上去，三富不怕羞肚里也有文化水，就是那公鸭嗓子听得人身上起疙瘩。这时候，四黑毛遂自荐说：我来试试！

　　夯歌好似对对子，上起下收，前呼后应，极富节奏。正如"唱山歌，这边唱来那边和"，不论领号人喊什么，众人一律"哎嗨哟呀"应和。四黑的口号极具创意，有政治口号，有四时万物，也有明明白白的大实话，如"公鸡打鸣"、"母鸡下蛋"、"牛头有角"、"蛤蟆无毛"之类，甚至连"丰收烟，真奇怪，只见抽，不见卖"都出来了（"丰收"牌香烟价廉物美，当时一般人买不到，时称"干部烟"）。四黑一上来，工地上便热闹起来了，只见夯随歌动，歌伴夯生，边唱边干，边干边歌，让人感受一种和谐之美，力量之美，粗犷之美，陶醉在劳动与创造的快乐幸福之中。李村与我们相邻，就在大家有点审美疲劳之时，四黑突然来了一句"李村的识字班（未婚女青年的特称），长得好"，让一帮人特别小青年们陡然来了兴致，拼命般吼着应和；四黑紧接着再来两句"我村小青年，也不孬"，吊足了众人的胃口。小青年支起耳朵听下文，哪知四黑点到为止，转而又喊"东风劲吹，红旗飘飘"之类，真是通俗不低俗。

四黑的夯号，还起了广播电视的功用，村里一有什么好人好事，拾金不昧了、孝敬公婆了、学生学习得奖了，只要听说他都编到夯号里提一提。是谁家的，老爷们儿感到脸上有光，干得更起劲，回家对婆娘一说，婆娘一高兴还开个小灶加上个炒鸡蛋下饭。

四黑的夯歌就喊出了名，四邻八村修河筑坝什么的，便派两个小青年换他去喊号，还好吃好喝伺候着。传到公社干部那里，点名把四黑调进了学大寨工作队。四黑在那里又喊夯号又写广播稿又参加各种宣传什么的表现十分突出，就在工作队入了党，几年后工作队结束，成了一名亦工亦农干部，被派到公社教育组工作。

后来教育组改为中心校，四黑成长为副校长，二柱因为几次考核不合格，在教师整顿中被从民办教师岗位上涮下来。后来四黑担任乡里分管教育的干部时，二柱上访要求落实待遇，见四黑在那接待，羞得没好意思进门就打道回府。

冲 喜

李有娶媳妇，婚礼过程中，收音机里传出《李二嫂改嫁》的戏曲，这在极为迷信的农村，会对李有一家造成什么影响？

西庄的李家老二李有今天娶媳妇。此刻，新媳妇坐在李有家的炕头上，李有却在千里之外的营房服役。

新媳妇叫穆香，是东庄铁姑娘队队长，本来计划春节李有回家探亲时结婚，哪想李有母亲突然患病在身，下不了床，病快快的眼看一天不如一天，有人出主意让穆香过门来冲喜，穆香便提前作了新娘。新婚大喜，李有却来不了，只能由一个同辈姑娘代替新郎与穆香行了那套夫妻礼数。穆香独自坐在洞房，心里老大不是滋味，脸上的表情就有些复杂。这时节，那些不知深浅的小孩子也围过来看热闹。

那年月，娱乐项目少，电影、庄户戏的一年看不上几回。村里有个喜庆事孩子们就像过节一样，一个个都人来疯，谁家娶媳妇更成了孩子们的天堂，来这里看热闹过眼瘾还能分到喜糖等好吃的，一个个没命似地往前凑。抢完了拴在被子上的花生、红枣和栗子，又赖着主人家讨要香烟和糖果，手里攥着口里含着还不走，堵在门口指指点点，看新娘子，看新娘带来的嫁妆。没抢到好位置的就用手指沾口水点破糊在窗上的红纸，从外面向洞房里窥探。

农家结婚有个项目是给新郎新娘吃面条，面条做得又宽又长，还有意煮得半生不熟，再问一问新娘"生不生"，称做"宽心面"，意即吃了心宽体健日子宽裕早生贵子。这时候，就轮到看热闹的小孩子表演了。他们就会在一旁大叫："宽心面，生又长，吃了快当孩他娘！"还有的加点儿诨料，就喊："宽心面，宽心面，媳妇吐了男人咽！"偶尔哪家分糖分烟少不满意，小孩子就会边跑边喊："宽心面，宽心面，媳妇拉了男人咽！"

闹腾半天，前来送嫁的"大客"穆久德、穆久法也酒足饭饱，由穆香的公公李轱还有两个陪酒的村人陪同来到新房。生活虽然困难，但结婚是一辈子大事。主家总会想办法东取西借弄上一桌好吃好喝的招待"大客"。"大客"是个门面活儿，代表了娘家那方的形象和办事水平，一般会选村里那些有头有脸的人物充当，一来能拿得出手，二来也给姑娘家长长面子。东庄西庄两个村紧挨，过去是一个大队，穆久德二人与前来作陪的彼此十分熟悉，话格外投机，喝酒也不拘束。那年头一般白酒的度数高，庄稼人喝酒机会很少，不少人闻着味就往前凑，碰上酒都有点贪杯，加上三番五次地劝敬，穆久德不觉喝高，一站起来就摇摇晃晃，觉得天地乱转。按礼数，"大客"吃罢饭，要礼节性地到新房视察一下，说几句无关痛痒的客套话，以示娘家人的关怀，还有对主家的尊敬。

"我这妹子，人品那是没得说！铁姑娘队长干着，也是个踢倒龙端死虎的硬茬！在男人堆里也不掉色！可就是针头线脑的活儿玩不大了，连个孝……"说到这，穆久德自己也猛一惊，这是什么样场合，说这样的话。其实他说的是实话，那回村里李金家办丧事，穆香帮着干这干那，可偏偏连个孝子戴的帽子做不了。酒后嘴不听使唤，把这一段带出来了。

李家这边的人没听明白，穆香倒是知道他想说啥，忙起身端起一杯茶水递过来，分散他的注意力，好让他转换话题，穆久德自知失言，忙不迭去接，哪知酒后手脚不听使唤，一杯水全洒在身上。

有个叫景致的小孩子，他爹外号"坏地瓜"，一肚子弯弯肠子，耳濡目染，景致也好闹个恶作剧捉弄个人，看到穆久德狼狈样子就趴在窗户上瞎起哄："东庄到西庄，来把大客当，喝酒没人样，尿了一裤裆！"

穆久德身醉心没醉，把小孩子起哄话当了真，摇摇晃晃站起来，走到陪嫁的收音机前，要做个动作表示自己很清醒，好为自己也为穆香挽回面子。当时收音机还是个稀罕物品，有的一个村甚至没有一件，能摆弄一下，不下于今天操控飞船的本领。穆久德临来之前曾在人指点下尝试着摆弄了一回，竟然响了，这回便有意显摆一下。

农村有句话叫线头落到针眼儿里——巧极了。收音机里马上传出这样一个声音：

"李二嫂眼含泪关上房门，

对孤灯想往事暗暗伤心。

……"

开始穆久德还洋洋得意，听着听着觉得不大对劲：这不是李二嫂改嫁吗？

当时大搞阶级教育和阶级斗争，村里的大喇叭天天播放李二嫂那哭淋淋的唱腔，唱吕剧的郎咸芬是家喻户晓的公众红人，乡亲也都明白这个剧的意思。公公李轱变了脸。新娘也听出了不对劲，下来把收音机关了。

这婚结的，送嫁的人没面子，这边人也不高兴。好事者更添油加醋乱附会："李家老二娶媳妇唱李二嫂改嫁，这冲喜冲出邪来，弄不好连儿子也得搭上！"

数月后，从战友通信中得知家事的李有心急火燎地从部队上赶回，迎接他的却与想象中大不相同：媳妇欢欢实实，母亲也恢复了健康，脸上甚至有点白胖了，有说有笑。

儿子不大相信自己眼睛，悄悄把父亲拉到一边："这不是都很好吗，人家说那事……"

李轱也悄悄对儿子说："你娘的病本来就是受苦受累吃不好喝不安造成的。冲喜弄得闲人说三道四，我就认为你娘的病好不了，想想他受了半辈子的苦，便想临走也让她享受享受，先杀了两只下蛋的老母鸡，最后连那头小克朗猪都杀了，让你娘也过几天好日子。这也多亏了你媳妇，屎一把尿一把地上心伺候，加上吃好喝好的，你娘竟慢慢好起来了。"

活　宝

所谓活宝就是无论何时何地都能成为人的开心果，你想知道活宝李来宝都做了哪些让人捧腹的事吗？

村长和活宝李来宝打睹的事，全村人都急切地期待着结果。

为配合全民健身运动，乡长发话给村长说，你村群众活动历来组织得好，这回给你们派一名教练组织一个太极拳训练队，只要开展好了，不但可以代表乡里参加全县比赛，到时乡里还会额外给一笔资金用于村庄建设。村长一来感激乡长看重，二来眼馋这笔钱，同时也想真心为村里老少爷们做点实事，就一心想把太极拳训练队办好，可大喇叭讲，个别做工作，村里人却不大感冒，没几个人愿参加，都说成天窝在野外干活，哪里用得着再练那轻飘软绵的什么太极。村长想起村里有名的"活宝"李来宝，让他出面做做工作，那料李来宝觉得自己一个草民，自身积极参加就行，动员工作是村里的事，就没有应承。村长灵机一动，用话来激李来宝："都说你这能那好的，原来也是徒有其名，有本事三天之内你组织起三十人来，我把姓倒过来写。"李来宝一听当即与村长拍掌盟誓："行，不蒸馒头蒸（争）口气，三天之内如果组织不起三十人来，我请你再找上十人到镇上馆子吃大餐！众人为证。"

说起李来宝，那可真是个活宝，

李来宝长相一般，出身平常，可就是这样一个人，却让老少爷们始终忘不了他，任何场合只要他出现，就会出现别开生面的效果。本来很平常的事他一掺和，会让你长时间忘不了。一项活动，只要有李来宝蛋参与，老少爷们就特别期待。就像八戒，离了他唐朝僧照样取经，孙猴子照样降妖捉怪，可场面就不热闹了。

那年公社文化站里有个有名的"冷美人"，见了谁都爱搭不理。那回李来宝几人去公社办事，正巧见"冷美人"在前边袅袅婷婷走，其他人怂恿李来宝，你敢跟"冷美人"打个招呼让她回头，我们请你喝酒。当时人与人之间打招呼先是"哎——哎——"喊两声，相当于"你好"，李来宝便跟在冷美人后边"哎——哎——"喊，"冷美人"回头一看并不认识，柳眉倒竖就要发作，李来宝接着哼上了"哎哎海那个依儿哟——"

那回村里开形势报告会，支书讲着讲着把大伙弄得恹恹欲睡，就让李来宝出个节目活跃活跃气氛，李来宝一眨巴眼，想出一个点子，上台喊起了打夯号子，这是一项技术含量低且互动性强的活动。结果群情振奋，欲罢不能，以致像赵本山的小品成为春晚的标志节目一样成了村集会时的一个保留节目，很多人乐意参加会议，就是期待着与李来宝应和一二。"大闺女笑，黄鹂叫，李来宝的号子，周姑调儿"，也成了村人心中名副其实的"四好听"。

在村里，连村干部不敢轻易得罪李来宝，要知道，舌头底下压死人，一旦被李来宝编成小曲，你非臭名昭著不可。村治保主任水平不高，遇到个演出、放电影等场合，总是喜欢"讲两句"，有人说治保主任的讲话就像懒婆娘的裹脚又臭又长，可治保主任却自以为美，李来保就把那个"四难听"送给了治保主任："猫叫猫，老驴嚷，主任讲话，锉锯条。"连小孩子都会唱，众口铄金，弄得主任心有余悸，再也不敢在那些场合卖弄。

早些年李来宝在村剧团串场，演的虽不是主角，可只要有他参演，老少爷们都争相一睹为快。因为李来宝经常会有出人意料的表现。那回村里剧团去邻村演"样板戏"《智取威虎山》，李来宝演座山雕，唱着，唱着，李来宝就唱出了针线。剧中有一段台词是"崔旅长"问："栾平！你——来——干什么？"李来宝临场变阵临场发挥把戏文念白变为土话，半戏文半方言地说："栾平！你——来——咋？""咋"在当地是"干什么"的意思，"三爷"冷不丁这一倒腾，"栾副官"接不上茬了，立那儿晕了半天说："我来走姥姥家！"原来，这个村是演栾平那位的姥姥庄上。"栾平"舅舅正在台下看戏，一下急了，忙站起来表态高喊："打倒栾平反动派！我娘没有当反动派的外甥！"一时台上台下都捂着肚子笑，后来就成为村里人几乎抹不去的经典记忆，成为不同场合的谈资。

在众人的殷切期待中，村长与李来宝约定的时间到了。

大清早，村长到训练场一看：嗬，满满当当足有百人，除了外出打工的几乎都来了。李来宝笑咪咪走上前来要村长兑现诺言。村长喜不自胜，先问李来宝到底用了什么法子号召来这么多人，并声明如果是临时花钱雇来的可不算数。李来宝嘴一撇："凭我，用得着花钱？随便编了几句话，就引来了这么多人。""几句话？"李来宝叫停正在练习的众人："把我们的口号背给村长听听！"众人齐声高诵："爱党爱国爱家庭，没有健康等于零；有钱有权有成功，没有健康一场空，快练太极！快练太极！快练太极！"

村长叹服："还是你有办法。"

李来宝追问诺言一事："村长，你说话可要算数，你说过，你要倒过来写——"

村长大笑："行，随你便！"

李来宝本来只是想和村长开开玩笑，村长这一笑，顿时大悟："我算明白了，你村长才是老狐狸，你翻过来正过来都是王！"

酒　仙

不怎么喝酒的八爷为什么人称酒仙，他又是用什么办法让二福起死回生，让一县之长佩服有加？

二福突然得病住进医院，病床上躺了几天后，被医生下了病危通知。

七十三，八十四，阎王不叫自己去。儿女们知道父亲逃不过这一劫了，强抑悲痛小心地问父亲还有什么未了的心事，二福一个劲儿地嘟囔："我要见八爷！"

从小时候起，二福肚子里就有条酒虫，闻见酒味就馋得要命，经常偷喝父亲的酒，又怕父亲知道，就将酒瓶里掺上水，以致二福的父亲时不时地骂那卖酒的人没良心，卖的酒就像凉水一样。随着年龄增长，二福更加沉迷于此，村里一位秀才据此编个笑话还登上了一家市报：有人问二福儿子，听说你父亲一天三顿不离酒，现在还那样吗？儿子说，我父亲现在每天只喝一顿了。那人叹二福有毅力，年纪大了能约束自己了。二福儿子说，我父亲现在从早上坐下就喝，一直喝到晚上。

因为贪酒，八爷一见面就撸他，弄得二福一见八爷就想躲。

八爷祖上家境殷实，也是一辈子嗜酒，对各类酒的品质、特性、内涵，研究颇为深透，还能引经据典地讲许多酒经和故事，比如杜康造酒醉刘伶，刘玄石一醉千日，曹操说何以解忧，惟有杜康，诗仙李白，酒后天子呼来不上船，王羲之酒后兰庭序行云流水，武松酒后一套醉拳打得蒋门神落花流水……又讲人贵有数，饮贵有度，小饮怡情，大饮乱性，还可伤身……村人叹为观止。

那回，村支书吴秋娶儿媳妇，八爷应邀去陪送嫁的"大客"，刚端起酒来敬酒，猛然脸色有变，叫过服务的后生耳语几句，后生赶紧出去换了另外一种酒过来。过后不久，电视上播出查获假酒伤人案件，正是那天吴秋准备用的那个牌子，客人这才恍然大悟。

曾有那么一段，喝酒成了评价人的标准和一种能力的象征：酒品即人品，酒力是实力；能喝八两喝一斤，这样的人儿是最放心……那些不能喝的，到了酒桌上也硬了头皮往肚里猛灌。古夷乡新来个赵志厚乡长，有能力，有水平，却也不能免俗把喝酒作为评价属下的一种标准，喝酒如同布置任务，他喝多少，就要求别人喝多少，并且还振振有词："这是老祖宗的精髓所在。诸葛亮用人之道就有一条，醉之以酒观其德……"

乡里准备上马一项工程须动员社会各方面力量支持，组织了一场社会贤能座谈会，会后赵志厚乡长陪餐正和八爷一桌。乡长端着能盛三两酒的杯子敬酒又要搞一刀切，一些人不胜酒力就看八爷，八爷却只是象征性地沾沾唇。赵乡长不满意了："八爷，众人都看着您哪，您是有名的酒仙，难道不给面子？"八爷不卑不亢回敬道："乡长此言差矣，酒量和面子是两回事。"赵乡长却不依不饶："您要是不喝我这脸就没处放了。"八爷依旧不动声色："论职务，你是乡长，我听你的，论年龄，论辈份，你该听我的。我有个条件，你答应我就喝，喝了这杯我敬你，就咱两个，我喝几杯你也陪几杯，这样行不行？"话到这份上，赵乡长只好答应："好，悉听尊便。"从"一心一意"、"好事成双"、"三阳开泰"、"四季平安"、"五福临门"到"六六大顺"，赵乡长的眼里明显出现惧意，端着一杯酒在那迟疑，八爷见状豪爽地一把接过一饮而尽："乡长事多，这杯算我的。还要喝吗？"志厚乡长对八爷一拱手："服您老了！以后多支持！"八爷却借题发挥起来："乡长，我说几句题外话，天下万物各异，世人能力千差万别，比如男女有别，大小有别，强弱有别，凡事不能一概而论，不能一刀切，更不能以酒量大小论英雄。"六爷说完，又满满倒上一杯："乡长，得罪了。向你陪罪。"餐后赵志厚乡长坚持要用车送八爷回家，八爷却面不改色推辞："乡长，车是公家的，再说我安步当车惯了，不用麻烦。"在睽睽众目中稳当当地走出，众人都看呆了。

八爷长二福一辈，在农村辈份就是资本，见了面，八爷总是饮贵有度那一套劝，时间长了二福也反感，说八爷是五十步笑百步，还振振有词地说那么多名人都喝，还差我这一瓶，八爷摇头叹道："你只知其一不知其二，你知不知道那些名人误了多少事，喝酒喝得儿女都犯迷糊不正常了！"见二福撅嘴摇头不服气的样儿，八爷无奈又可怜地摇头："真是对牛弹琴。醉死也不认那壶酒钱。"二福也一下上了火："喝个酒无非就是过把瘾，哪来这么多讲究，古人都说酒逢知己千杯少，话不投机半句多，从今往后你走你的阳关道，我过我的独木桥。"

自此二福更加好饮成癖。儿女们孝顺，原来都有意买几瓶好酒犒赏二福，后来不得不偷偷藏起二福的酒，二福似乎有特异功能，不论儿女们把酒藏在哪里，什么时候想喝，总能循着酒味找出来。长期嗜酒影响了二福的身体，如同蒲柳望秋先零一样身体渐衰，医生听罢因由严命不准再沾酒，否则这命就保不住了。没想到还是没能保住二福的命。

二福想八爷，没想到八爷已经来了。原来八爷听说二福病得不轻，主动过来看望。此时二福只有出的气，没有进的气，奄奄一息，却紧握着八爷的手不放。八爷问明情况，要二福儿子外出买瓶啤酒，给二福喝一点儿。

这不是越渴越给盐吃？儿女们转念一想，毕竟父亲爱了一辈子酒，事已至此，也没什么，八爷这样做也是为了父亲好。想到这，对八爷反倒是感激起来。

嗅到酒味，二福眼睛突然现出亮光！一杯酒下去，还不知足，张着嘴，手也在那示意，八爷忙叫二福儿子再倒一杯。

儿女们伺候二福把酒喝下，围在周围等着二福咽最后一口气。二福那口气不但没停，反倒越来越匀和，那眼睛也渐渐亮堂起来。儿子奇怪，忙请医生过来观察，医生很认真地观察了一回，摇摇头："回家准备吧，回光返照。"倒是八爷不作声，坐一边看着二福，说东道西的，二福竟然点头应和。谈了半天，二福竟挣扎着坐起要吃东西。八爷发话让出去搬来一笼五香肉包，二福竟然一下吃了两个。第二天，竟少了几分病征，坚持不再打针吃药，挣扎着要回家。医生们都觉得不可思议。

二福起死回生，每天还是和酒打交道，只是从高度酒换成低度酒，从低档酒换成中档酒，从虎吞牛饮变为细咂慢品，身体渐渐复原，还迈过了八十四那道坎儿。这天又来找八爷请安，谈及往事，恍如隔世。

八爷叹道："也是难得你有悟性，如今世上依旧有许多醉生梦死之人，沉湎于杯中不能自拔，误人误己，害人害己，他们却始终悟不出这个道理……"

二人正在感慨，已成县长的赵志厚下乡调研路过这里顺道来看八爷，一见面就拱手："八爷一场酒，胜读十年书。当年那些作为，如今自己想起犹觉面目可憎，如果不是八爷当头棒喝，怕是一辈子要坏在酒上。"八爷依旧宠辱不惊："老夫只是瞎卖弄。世间万事都和喝酒一样，要跳出酒来看酒，岂不闻，酒色财气四面墙，人人都在里面藏，若能跳到墙外面，不是神仙也寿长。"

赵县长佩服之至："八爷，这红尘之中，有时不能免俗，怎样才能跳出酒来看酒？"

八爷莞尔一笑："其实不难！有道是，见酒不醉最为高，见色不迷是英豪……"

民谣王

"想记住，那还不简单。你听好了，就这几样，玉米面儿，地瓜蛋儿，花生米，黄豆瓣儿，白菜心儿，萝卜块儿，碎粉条，胡椒面儿，好办！"

阿乐还有哪些更好听的民谣？

夏天刚摸黑，古夷村的村头就热闹起来了，一堆人早早吃罢晚饭扛上凉席之类的铺开，往上面舒服地一躺，芭蕉扇一摇，仰观星斗，心骋八极，天马行空地扯，漫无边际地唠。

"我来说段大实话：正月初一头一天，过了初二是初三，正月十五到半月，四十五天一月半……我说这话你不信，麦子熟了暖和了天！"人们哄笑。不用看，听声音就是当了几年铁道兵的阿乐，有事没事总要扯几句顺口溜或民谣什么的，时间长了人就称其"民谣王"。

"阿乐呀，说说你的当兵经过吧。"别人一起哄，阿乐应声而和，显然是不止一次地演练："当兵共七年，学的是驾驶员，职务副班长，工资二十元，复员来种地，还是驾驶员。"

听到这里，有人就反驳："不对，你现在到底是什么车驾驶员？"阿乐得意洋洋地说："月亮走，俺也走，社会进步俺也进步。开始是独轮车驾驶员，后来变成了拖拉机驾驶员，现在是农用车驾驶员。"

说完这些，阿乐还不过瘾，又另说一段"白、黑、刺、滑"大实话："三尺白绫雪上拖，一盘鏊子盖上锅，西瓜掉进油篓里，刺猬顶个栗子窝。"众人又是一阵叫好。三爷却提出不同意见："别老扯这些不着边际的，咱老百姓最关心自个的事，还是说说眼下村干部换届这事吧。"有人便说这回村干部换届，要减少干部职数，电视上都说了，那是板上钉钉的事。阿乐接口说："上级英明呀，龙多主旱，人多主乱，老婆多了晚了饭，和尚多了不念经，瞅着老鼠胡乱哼。"

四顺接口说："你可真能编，从干部换届能扯到老鼠身上，有能耐你也说一段老鼠的故事。"没想到，阿乐张口就来："前腿短，后腿长，不用梯子能上房；冬咬棉，夏咬单，春秋来了咬罗衫；不论穷，不论富，不论群众和干部。"说到干部二字，还特别加重语气，仿佛在这受到同等待遇，有受到一视同仁之慰。

五福接口说："老鼠也蹦达不了几天，听说昨天乡里统一发灭鼠药组织一块灭杀，今天村干部到家里发了药丸。只是不知道这个药是不有效？"阿乐又接口："可不是吹，这个药我用过，告诉你吧，这个药，真管用，老鼠吃了就要命，小鼠吃了当时死，大鼠挣扎蹦一蹦。"有人说："吹，真有那么神？"阿乐说："不是咱替乡里搞宣传，这个药还真就那么神，反正呀，药已经放好了，神不神，效不效，明天早晨就知道。"

三爷又发话了："别扯老鼠了，说点吃的罢，我听有人说鲍鱼美，烤鸭香，比不上咱莒州大锅全羊汤。阿乐你说天下东西到底哪样好？"阿乐说："一方水土一方人，还是咱村传统的八宝稀粥好。"三爷说料子复杂不好准备，老想不全。阿乐道："想记住，那还不简单。你听好了，就这几样，玉米面儿，地瓜蛋儿，花生米，黄豆瓣儿，白菜心儿，萝卜块儿，碎粉条，胡椒面儿，好办！"

谈到胡椒，有人就谈论哪种辣味佐餐适口，阿乐又是一套："葱辣口，蒜辣心，椒子辣到脚底筋。"

有人又说，现在城里人一边吃饭，一边唱歌，也不怕噎着，阿乐接口说："饭养身，歌养心，肥猪听歌多长好几斤。"

正说着，村口小卖部阿喜两口子不知为什么打起来了，阿喜媳妇是城郊平原的，吵着说在这么个山沟沟里还得受欺负，要关门回娘家。一帮人赶忙去劝。众人推阿乐当和事佬，阿乐也不谦虚，上来就说："阿喜媳妇，你可别看不起咱古夷沟，有道是，上有天堂，下有苏杭，苏杭二州，比不了咱古夷沟，哪点不好？小卖部更不能关门，香港街，南京路，比不上咱古夷沟小卖部，不开怎么行？"

一群人乐了，阿喜两口子也乐了，早忘了吵嘴那事。

秘　招

天下最强大的是人的内心，最脆弱的也是人的内心，许多人都是被自己打败的，天下无敌的武林高手毒仓又是怎样被自己打败？

事情天天有，江湖事更多。这不，江湖又一次陷入血雨腥风。

不像原来那些无头案子，这回的纷争人人清楚，罪缘起于无伤派叛徒毒仓。

这个毒仓，为了称霸武林，无所不用其极。先是用下三烂手段偷窃了无伤派的至尊秘籍《无伤神功》和圣器无伤神刀，接着又毒杀了恩师——无伤派长老。毒仓的卑劣行径人神共愤，无伤派联合天下正义之士群起而攻之，无奈毒仓因为得了秘籍练成无伤神功，刀枪不入，加上那无伤神刀无坚不摧，正义人士死伤累累，一次次讨伐无功而返。

武林震怒了，天下七十二家主要门派不得已联手讨逆，联合昭告天下：谁能消灭毒仓，众派尊他为武林盟主！

天下奇人异士纷纷请缨前行，结果一次次志在必得谋划讨伐，一次次无功而返，武林徒增新鬼。

众多武林人士陷入绝望之际，一青年美貌书生翩然而来，请缨出战毒仓。书生姓温名如玉，问其动机，大义凛然，语调铿锵："我志不在盟主，全为匡扶正义！前段讨伐辛苦，可暂休兵，请相信我，不出三个月，毒仓一定会死！"

众人不由瞠目，书生风度翩然，柔若无骨，似手无缚鸡之力，如此之人，难道有什么奇功异能？此去徒多一送死之人。都劝他知难而退，回去好好读书，这里自有武林人士再想办法。但见其心坚志铁，就一齐询问他什么来由有什么绝招抑或高策。

温如玉神秘一笑："天机不可泄露，只是恳请诸路好手暂且罢手。三月为期，静候佳音！"说完飘然而去。

众人看呆了。

连续几天没有消息。

毒仓依然嚣张。

武林人士不耐烦意欲再度起兵之际，一篇《讨毒仓檄文》横空出世，一下洛阳纸贵，天下人都争着诵读："……天地何辜，生尔毒仓……"

武林人知道那是书生温如玉出手了。神刀利剑都奈何不了他，一篇文章又能怎样？

响声此伏彼起："……三界同愤，人神共攘……"

声音越来越响："……毒仓曷丧，及汝同亡……"

毒仓按捺不住，到处追寻温如玉，可温如玉如同人间蒸发，不见踪迹。毒仓狂躁挥刀乱斫，可檄文声遍天盖地，缠得他心烦意乱头疼不已。

毒仓忽地生出一个念头——避开这声音。

到哪里去？毒仓第一个想起了温馨港湾——家，家里的妻子，还有那可爱的儿子，已经有好多时日没有见到他们了。毒仓立马急速回转。为了防止仇家报复，他早已将妻儿移徙到无稽峰巅，那里山高峰险，无人能攀，世外桃源一般。

毒仓施展无伤神功攀崖而上。

就要到家了，毒仓那冷血的心竟也生出些许暖意。此时，却传来一个稚稚的声音："……天地何辜，生尔毒仓……"

那是儿子的声音！

那声音寒彻骨髓，一下僵住了毒仓的心。

令武林胆寒的无伤神刀再次举起……

神刀穿过毒仓身体，也凝固了毒仓脸上的苦笑……

茶　仙

六爷从鬼门关上走一遭回来，活得比原来还要精神。第二年，年景好转，村里有一段时间不见了六爷踪影……

六爷去哪里了？

六爷要走了。

六爷闭着眼，气若游丝，仿佛风中的破油灯随时可能灭掉。

家人忍住眼中的泪不让流下来，六婶问六爷有什么愿想，六爷不吭声。邻居秦家老妈回家找来个干巴巴的菜团子，六爷就是不张口，只是下意识地舔了舔嘴唇。别人不明白，儿子满囤知道，六爷是想喝上一口茶。

这年头，吃的都没着落，可到哪里去弄茶？

曾经，茶是六爷的早课。每天早上，六爷天不亮就起来，先是洒扫庭院，里里外外收拾利落，又去村边水井挑来第一桶水，然后用早已准备好的硬木柴，把水烧到滚开，再小心把茶壶烫了，把茶叶放进去，先用开水冲洗一遍，再慢慢泡上一会儿，那浓浓的香气醉人心脾忽悠悠地飘满整个院子，六爷就坐那眼睛半睁半闭地品味。经过茶水的滋润，六爷笑得那么醉心。一天下来，六爷眉眼间说不出的精神，仿佛每个毛孔都透着舒服，精气神那叫一个足。

六爷茶具的珍贵，喝茶的讲究，在村里出了名，十里八乡能挂上号。据说早年六爷曾在南方一个茶肆当伙计，习练出了一套茶经。在那学徒期间，还是一个毛头小伙的六爷冒死进火海救了一家人的命，听说六爷是茶楼的伙计，那户主人二话没说，就把家传的茶具送他记念，六爷怎么也推脱不掉。

那套茶具，据说是清代乾隆年间景德镇的瓷。问及细节，六爷总是闭口不言。六爷像关心眼珠一样对待那把壶，每天都要给壶加满茶水，说是养壶，惭惭地壶里长出了"茶山"，偶尔茶断了顿，一壶白开水倒进去，倒出来仍有一股茶香。那年儿子娶媳妇，家中遇到困难，能换钱的东西都换了，曾有人慕名出高价要买那把壶，六爷一口说出八个不字。六婶责备六爷把一把壶看得比人都重要，六爷叹口气：情比天大，怎么能卖？

六爷以茶论道，以茶交友，在茶上做足了功夫。那把壶从不让人摸，六爷总是亲自执壶倒水，请谁坐下品一口，那是天大的面子。六爷喝茶有太多的讲究：叫什么一新，二陶，三硬气，四匀，五欠，六咂。不管五冬六夏，总要用从井里新挑来的第一桶水，用陶制的泥壶烧开，柴禾要用那有硬度结实的干柴，绝不能用麦秸、稻草之类，火要不大不小匀和，喝茶从不喝头遍，说是去苦头，倒茶时欠一些只倒大半杯，说是人生不可太满，茶是小口小口的咂品，不能牛吞虎咽的。那回村长娶儿媳妇，想要借六爷那把茶壶长长脸，六爷坚决摇头。

六爷以茶论道，以茶喻人，讲陆羽的茶经，讲许多庄稼人未听过的新名词，还讲一些庄稼人半懂不懂的诗，如"休对故人思故国，且将新火试新茶"，"贵从活火发新泉，活水还须活水烹"，"神农尝百草，曾中七十二毒，皆用茶解之"，总是一套一套的。

久而久之，六爷身上仿佛多了一股仙道之气，自然而然成了品茶权威，谁家买了茶，或者亲戚朋友送来了好茶，总要请六爷去品上一品，只要六爷轻轻点上一点头，那是莫大的欣慰，那家人家就长了莫大的面子。有时六爷到集市上去，总有人拉他去品茶侃茶经。

公社新来了一位书记，姓杨，是南方人，说起话来南腔北调的。听说当地有这样一位茶仙，便带了上好的龙井登门拜访。六爷小心拿出那套茶具，一道工序一道工序地显示他的茶道。杨书记一看到那茶壶，两眼立刻直了。不久有个陌生人上门试探六爷，要出高价买那茶壶。六爷想起书记那天的神态，知道是他派来的，头摇得像拨浪鼓。

然而没多久，六爷的头就摇不动了：村里的烟囱大多不冒烟了，大人身上浮肿，有气无力，小孩子瘦弱的脖子仿佛挑不动那硕大的脑袋，裸露的肚皮薄得仿佛像一层纸，从外能看清里面，给人一碰就要破的感觉。六爷虽然依旧黎明即起，然而饭食少了，茶也没了，少了精神不说，身上也一按一个坑。儿子满囤孝顺，知道老父肚里缺食，还想口茶喝，然而一切东西都用来裹腹救命，哪里还有余力讨茶？满囤跑出去想撸几把山上的野茶给父亲，可满山遍野都像被蝗虫扫荡过一样，有的树皮都被剥下吃进了肚子。

那几天，六爷从早到晚坐立不安，一遍一遍地摸着那把茶壶，又烧了开水喝了一顿没有茶叶的茶水，坐在那里发了半天愣，偷偷抹了几把眼泪，小心地包好那宝贝出了门。

第二天，公社杨干事亲自来村里每人发了十斤口粮，古夷村破天荒又有烟囱冒出炊烟，人的排泄物中又有了点粮食气味，整个村子平添了几分活气。

早就听说上级拨下一批救命的粮食，可公社一直按兵不动，不是不想动，是不敢动，不到山穷水尽万不得已不想动这点救命粮。是谁这么大的面子让公社这么开恩？村干部往自己身上揽功，村人都不信，都饿出好几条人命了，你们早干吗去了？有人传说公社杨书记得了六爷的宝贝，这才开恩。是六爷救了全村的人。

然而功臣六爷到底病倒了，更没想到一病就这么厉害。儿子知道是少了茶水的滋润，树皮都掺了粮食中吃了，哪来的钱去买茶？有"茶山"的宝贝茶壶也无踪无影，看来父亲的愿望只能落空。

与六爷同嗜好的八爷端着茶壶来了：老伙计，我就知道是你，一把茶壶，救了全村人过了一道坎！吩咐六爷儿子：烧点热水倒进去，这壶也养出了茶山，虽然没有你爹宝贝那样，但不放茶叶照样也有茶色茶叶味。

六爷闻到茶味，眼里有了少许精神，像当年品茶一样，轻轻品咂一口，轻轻地点头……

六爷在家吗？门外有人进来，是公社杨书记！书记附在六爷耳边轻轻说些什么，又从怀里拿出一样东西：正是六爷那把茶壶！

书记解释说：这宝贝就是当年我父亲送你的，见他成天念叨，我就一心想给找回这宝贝，没想到父亲见到茶壶，把我狠狠训了一通，逼着来归还您，他还给我念叨您的许多好处，说要不是年龄大了，一定亲自来见你，这不，他老人家托我捎给您的茶叶、点心。

六爷一下来了精神，等烧好的开水泡上书记带来的新茶，六爷品了一口，仿佛换了个人似的，再吃上几口杨书记带来的点心，一下来了精神。

六爷从鬼门关上走一遭回来，活得比原来还要精神。第二年，年景好转，村里有一段时间不见了六爷踪影，一打听，六爷去南方看杨书记的老爹去了，什么也没带，就带了那把壶。

曾参杀猪

曾参按照孔夫子教导，诚信做人，把家里的猪杀了，孔夫子对他的举动为什么严厉批评？

孔夫子正准备给弟子授习新课，却发现得意弟子曾参的座位空着，夫子征询的目光温和地扫过全场，弟子们纷纷摇头。

曾参是个忠孝诚实守信之人，今天却迟到了，肯定是遇到了什么麻烦。想到这里，夫子的心里隐隐不安，准备派力大无比的子路和心细而有主意的公冶长结伴探个究竟。

门外忽然一阵喧嚣，曾参一脸血水跑进来，失去了往日优雅，大声求助："先生，救救我，内人与我怄气，泰山大人要揍我！"

见到弟子，夫子的心稍稍安宁些，虽然弟子狼狈，但知道曾参乃孝悌信用之徒，不会做出什么出格之事，便安抚道："别急，慢慢道来。所为何事？"

"因为杀猪。"

"杀猪？眼下这不年不节的，你杀的什么猪？"

"先生，您平常教导我们为人要守信，曾参虽然不才，一直努力实践您的教诲。上午内人去集市买些粮食回来，小子也要去，夫人怕他去不方便，就哄劝孩子说如不跟随，回来就杀猪吃肉。小孩子果然听话没去。这不我听说这事，中午回家就把猪杀了，结果内人吵闹不休，泰山大人听说也打上门来，抓起扁担追着非要揍我不可！"

夫子闻言方才放心，连忙安抚弟子："上回你父亲往死里打你也不回避，这回却伺机逃出，参，大有进益呀。"

曾参见先生不紧不慢不温不火的，心下更急躁："先生，你快替我出个主意吧，我该怎么应付这个局面？"

夫子却顾左右而言他，随手在地一划："别急，这个字你可认识？"

众弟子一见先生写的字都掩口偷笑，曾参也不解地回道："先生，这个字谁不认识，家！"

"那我考考你，这家字如何构成？"

曾参不知先生弄什么玄虚，只好有一是一如实回答："上面是屋，下面是豕，对，就是一只猪。"

夫子面色严肃起来："参，听好了，这猪乃是一家主要财产，你为内人一句戏言就随随便便轻易处置，这与抱柱愚信有何差别？"

"那、那，怎么，先生，您不老是教导我们诚实守信吗，说言而无信，不知其可，难道我又错了？只是眼下我如何处置？"

夫子轻轻一笑："参，义无轻重，事却有大小，遇事还要讲个轻重缓急、灵活变通，容我以后慢慢教于你。眼下之事好办，你回去告诉泰山，将杀的那只猪收拾好，全部下锅，我下课后就到！"

曾参的家人虽不太情愿，但夫子在鲁国连国君都尊重他，几乎一言九鼎，只好照办。

曾参岳父更是不住唠叨："什么夫子，馋嘴一个！你这么个傻徒弟，去找先生乱说什么，白白失去一只猪，还得白白送人吃……"

说归说，曾参一家还是小心收拾，精心调理，锅里沸腾的香气弥漫，飘出老远老远……

门外喧闹一片，人欢猪叫！夫子来了，还带了一大群弟子。

曾参一家与夫子见过礼，夫子把猪送到曾参岳父手中："近日欲犒赏众弟子，不巧寻不到杀猪之人，正好有此巧合，岂不是天作之美……"

第六辑　鳖王奇遇

导读：喜剧并不都是把没价值的东西展给人看，一些打破常规之事也是荒而不诞，其实背后是真实的生活积淀，甚至比真实的生活更真实，那是因为入木三分地放大了其特征。或许，这正是生活的本质。不然，曹雪芹也不会慨叹"满纸荒唐言，一把辛酸泪"。

让我们透过荒唐的征象去透视真实的世界和人生吧。

网络时代

导读夫妻俩正在着急，却见才通天一头汗水从里屋出来："吃饭叫一声就是，还得上网，这倒好，全国人民都知道了！"

父子同处一室，却只能通过网络联系儿子，读来对人不无启发。

才八斗碰到了一个高手。

刚才在电脑上与那高手辩论了数百回合，没有分出高下，才八斗心有不甘，下班途中坐在公交车上继续用手机上网，与那高手辩论。

走进家门，才八斗仍旧不停地摆弄手机："不信驳不倒你！"

妻子今天没上班，此刻正在电脑上忙活。

才八斗见状，对妻子说："夫人，停一停，我碰到一高手，咱们一致对外，你我合作，先扳倒他再说！今天是父亲节，还瞎嚷嚷让男人做饭，这等愚人还叫什么'趴在墙上等红杏'，能捡到个烂杏也算你运气！"

正埋头电脑的妻子抬起头，不认识似的盯着才八斗看了半天："你和谁辩论？"

"趴在墙上等红杏。肯定不是什么好鸟，不然怎么用这个和出轨连在一起的烂名？"才八斗有些愤愤，"不过，战略上要藐视敌人，战术上得重视敌人，刚才和他辩了多时，好像有点小才。"

妻子没接茬，却问道："你——你是'不帅赔你两百万'？"

才八斗大吃一惊："怎么，你——'趴在墙上等红杏'！我还以为哪里冒出个专门拈花惹草的无赖男！原来是大水冲了龙王庙。"

妻子笑了："就你那尊容也叫帅？成天想入非非，用这名去赚人眼球哄那些不谙世事的小丫头吧？"

才八斗赔笑："这不是网名吗，有几个是真实写照，我哪敢有非分之想。"

妻子嘴一撇，依旧紧盯电脑："量你就是有贼心也没那个贼胆，不过今后贼心也不能有。刚才你还笑话我这个名，这年头，歪瓜裂枣的自称帅哥，满脸沟壑赘肉横生自称资深美女，我为什么不能等一回红杏？"

才八斗附和着说了一回，转入正题："好了，肚子饿了，该做饭了！"

妻子却不理这个茬："不是一直由你承包吗？"

才八斗很无辜又很可怜地说："一年一回的父亲节，还不让休息一天？"

妻子略思片刻，举手作暂停状："也好，今天就让你一回，不过，到底谁作饭，我们还得找裁判评一评。"

"这个时候找谁来当裁判？"才八斗不大情愿。

"广大网民呀，今天我豁上了，听网民的，少数服从多数。"妻子下定决心。

话题刚一发布，网民"反正我相信"马上出谋划策——剪刀石头布。

才八斗和妻子都觉得这是个好办法。不想，刚一过招，妻子却输了，自己又不想动手，赶紧请教网友如何应对，"小葱蘸酱"献计："叫外卖。"

果然是好计策，不一会儿，饭菜摆上桌，可左右等不来儿子才通天，才八斗一遍遍打电话联系，对方却没反应。夫妻二人慌了，赶紧再上网请教怎么找儿子。

网友"八风不动"、"一屁过江"数人同时献策："围脖！"

"才通天，你家大人喊你回家吃饭！"才八斗迅速发布话题。

微博被疯转，不一会儿达到十万。

夫妻俩正在着急，却见才通天一头汗水从里屋出来："吃饭叫一声就是，还得上网，这倒好，全国人民都知道了！"

戏　斗

　　"咱们讲好了，按我的解释算账。六月穿棉鞋——把脚捂（八角五），一千斤，八百五十元不多不少！你可不能欺负我平头百姓！"

　　赵梦的这个解释还站得住脚吧！

　　古夷村村民赵梦，狡黠善辩，平日喜欢搞个恶作剧取个笑什么的，对村里的事也好评点一二，见了村主任喜欢谏个小言提个意见，有时把村主任弄得下不来台，村主任老想找机会敲打奚落他一下，这天终于逮住了机会。

　　村主任脑子灵活，交往颇广，从政之余还搞个副业，家境很是殷实，赵梦虽然嘴皮子利落，可日子过得一直不上不下的。那天村主任到亲戚家串门回来，正碰上赵梦用板车拉了一千斤薯干准备到集市卖。村主任就想戏弄赵梦，正巧亲戚送了他一瓶好酒，村主任叫住赵梦，把酒晃了一晃："见过吗？一瓶一百八十八，乡长送的，馋不馋？"赵梦在电视上见过这酒，可就是没喝过，一见来了瘾头，半真半假地要求喝上一口，村主任一脸不屑的样子说："除非你能倒着走，不然，我可不舍得。"那意思是你能头朝下倒过身来走，就让你喝。赵梦一听这话，一下来了精神，当即应承下来，还叫住几个过路乡亲作证，众目睽睽之下倒退着走了几步。村主任还没明白过来怎么回事，赵梦拿过酒打开请众人品尝。村主任因为有言在先，明知其偷换概念却又无可奈何。

村主任吃个小亏，实在不甘心，心道我大小是一村主任，还能被你一个要小聪明的村民要了，传出去岂不让人笑话，就想找个机会扳回面子。村长正想买进薯干喂猪，一见赵梦那一车薯干登时有了主意，眼珠一转："我正想买些薯干，咱俩就做个交易吧，你省下跑腿，我省下去集市。"赵梦一听，两全其美的事，就痛快答应："行，你出个价！"

村主任见赵梦初步入套，乘机道："正好父老乡亲都在，也作个见证，咱也学人家文化人，来一回智力讲价，不打诳语，每斤价格随行就市，六月穿棉鞋，你看行不行？"

赵梦思忖片刻，痛快答应："行，就按你说的办。不过你得按我的解释算账。"

村主任大喜："老少爷们作证，谁变卦谁小人！这是多少，一千斤！好，我全包了！"

赵梦更痛快："行，现金交易，可不兴打白条！"

村主任脸一红，"还以为是那几年！"拿出五百元递过来。

没想到赵梦一个劲儿地摇头："就这些，差远呢，你可不能赖！"

村主任略带嘲讽地一笑："这老少爷们还没走，我怎么会要赖！六月穿棉鞋——捂脚（五角），一千斤正好五百元，讲好的价格你可不能变卦。"

赵梦微微一笑："咱们讲好了，按我的解释算账。六月穿棉鞋——把脚捂（八角五），一千斤，八百五十元不多不少！你可不能欺负我平头百姓！"

村主任不服，赵梦也不让步，无奈请众人定夺，众人也不护短："你们有言在先，按赵梦的解释办，按理应当付八百五十元！"

村主任无奈，极不情愿地哭丧着脸再拿出三百五十元。

没想到赵梦接过钱，又递回三百："打闹归打闹，良心还得要！

乡里乡亲的，我也不能坑你，就按公道价六角，每斤再让你五分，算是刚才喝你的酒钱！"

心中的世界

魔由心生，境由心造，心中的世界决定了你现实的世界！心灵的色彩决定了你现实世界的颜色！

这就是心中的世界所蕴含的道理。

柿树火红时节，少年一脸虔诚，进山寺求老僧指点迷津。

少年因好几个事缠在一起很是失意就想放弃学业，但于放于舍之间犹豫不决，就借机独自进山寻求解人。

老僧面如止水，看了少年一眼，又抬头看看满山挂满的红灯笼一样的柿树，抬笔写了几字递过来："尽在其中。"少年双手接过，不解其意，还想再问，老僧摆手："用心体会，多说无益。"

走出山寺，一路体会那两句偈语，少年忽觉豁然开朗，脚步也益发轻快起来，又如从前一样意气风发，神思飞扬。从此心无旁骛，潜心温习攻读，终于名题金榜。

一日，少年面对父亲背影心中不由一动，那背影正日渐老矣。父亲一生碌碌，至今还是一普通科员，失意与困惑让他身心俱疲，日趋懈怠。少年爱父再次进寺求老僧指点迷津，不料老僧已云游他处。彷徨之际，少年打开珍藏的纸条，忽地笑了。

父亲接过少年为他专门求来的偈语，眼睛一亮，又燃起兴奋的火苗。

父亲又如同初入道时那般勤奋,笑容也多起来。不知是水到渠成还是感动了上帝——同事与上司,人到中年的父亲竟然小有升迁,人脉也日趋旺盛。

父亲小心地珍藏着那张纸条。一日正打开再看,目光忽然落到少年爷爷身上。爷爷年近八旬,体况渐衰,近日体检又检出几样指标或高或低,几番折腾,精气神明显不如从前。

爷爷捧着专门为他求的偈语,眉头忽地皱起,从此像变了个人,日加烦躁不安,没几天就明显消瘦许多。

父亲大惊,问爷爷怎么了,要拉爷爷去医院,爷爷一个劲摇头。再三追问,爷爷才道出原委:"偈语说我行将就木……"

父亲慌忙道出实情,说那是少年专门为他求的,他觉得挺有效,便想借花献佛让爷爷高兴一回,没想到事与愿违。

爷爷哼了一声,表示不相信。父亲忙将电话免提打给正在省城读大学的少年。少年大笑:"爷爷,这是我为自己求的偈语,觉得挺准,见父亲长时间不顺意和失落提不起精神,就谎称为他求的,没想到也挺有效果的,怎么他又给了您!"

爷爷还是不信:"你俩合伙来骗我,你说是你求来的,你记得那上面的话吗?"

"'等闲莫将自身轻,满园柿子数你红!'我早已烂熟于心。爷爷,你知道我是怎么想的吗,柿子,谐音士子,就是读书人,柿又谐事,最红也就是最好看,象征我事事如意,在读书人中最好,这不,我果然考上了理想学校。之所以又给我父亲,是想让他事事如意!"少年说出自己理解。

"那你呢?"爷爷问父亲。

"柿,又谐仕,柿子红,标志我仕途走红,我心受鼓舞,干事有劲,果然如愿。我想让你事事顺利,谁料偏偏出了偏差,你到底是怎么想的？"父亲不理解爷爷的变化。

"柿子红的时节，多是秋气萧杀时节，柿子红了也就熟透了，俗语道瓜熟蒂落，这不就预示我快要……想不到不是为我请的，自然不必这么解读。"爷爷如释重负。

"想不到会这样，儿子，听到了吧！我现在对这偈语又有了新的理解，魔由心生，境由心造，心中的世界决定了你现实的世界！心灵的色彩决定了你现实世界的颜色！这个世界上，人，要靠自己！爹，你说对不对？"

电话里，儿子连连称是，爷爷也一个劲点头。

鼠猫之赌

如同《皇帝的新装》一样，一个让所有人束手无策的难题，被一个小孩子轻而易举地解决了！

伊与他及其一族相持多年，不但不能将其一网打尽，还屡遭戏弄，吃尽苦头。

伊绞尽脑汁，决心变招，借助人民战争的力量给他致命一击。

伊郑重其事邀他谈判："如果你敢到大街上走一遭，并在十字街口停留五分钟，没人管你，我从此不再干涉你们的事！"

没想到他满口答应："一言为定！空口无凭，立字为证！"

他极力装出一副大摇大摆的样子，但双耳高度警觉，一双小眼睛密切注视着周围动静，生怕冷不丁哪里会扔过来一砖头。

喧闹的十字街口，随着他停下，街面陷入从未有过的寂静。

大小车辆停下，众人目瞪口呆，连指挥交通的也忘了工作，一时不知如何是好。

张三悄悄摸起一块砖头，举到半空突又停住："如果他爸是李……"

李四咬咬牙，举起一根棍子，却又悄悄放下："他家肯定是有身份的……"

王五怒目圆睁，抬脚要踢，却又悄悄收回："他敢这样，后台肯定不一般……"

冯六举怒发冲冠，举拳欲击却又偷偷缩回："肯定是个圈套……"

陈七心中恶心，扬起鞭子，到半空又轻轻放下："莫非是钓鱼执法……"

褚八一肚子气，想发作见众人没动静，又在那观望："如果有人出手，我就……"

魏九淡漠地看了一回："他又没招我，关我什么事……"

在众人复杂的目光里，他安全度过了五分钟！

他悄悄地擦一擦头上冷汗，迅速离开。

伊看不下去，激愤现身指责众人见义不为。

岂料群情更为激愤，团团围堵伊："过去贼人才抢扁担，刚才到哪去了？光吃饷不办事，就知道欺负好人，要你何用？"

激愤声中，众人竟一拥而上，拳脚、砖头、木棍全用上了。

伊抱头鼠窜。

"猫先生，你可要履行诺言，从此不再管我们的——"望着伤痕累累的伊，他洋洋得意。

"好吧！鼠先生！"伊牙根痒痒又无可奈何，突然面带冷笑闪到一边，"多管闲事的来了！"

他闻声回顾，大惊失色，惶惶欲逃，无奈去路被阻，只能闭上眼睛等待处置。

"鼠先生，我想请你替我狗族出口气……"他偷眼一看，来者一脸惶恐恭敬地递上一个厚厚的红包。

"何事——"他得意忘形，装腔作势之际，忽觉眼前一黑，一块巨石扑天盖地砸来……

他最后听到的是一个欢快的童声——

"老鼠被我砸死了！"

挑女婿

导读长乐又急又恼，哭淋淋地喊上了："别把黑锅都让我背，你不也是……闺女呀，只要你回来，我什么都听你的——"

挑女婿挑来挑去的，让长乐的头脑都迷糊了。

闺女又一次暗示说看上了村里的大柱，长乐婶不发话，长乐叔头摇得像拨浪鼓："大柱人长得不差，身板硬心眼实，下地能拉半张犁，是个好后生。可就是他爹那两年好耍钱，这上梁不正下梁歪，老猫屋上睡，一辈传一辈，怕这毛病会遗传。不行，不行。"气得闺女鼓着嘴一扭头就出了门。

天上下雨地上流，一家有女百家求，长乐家闺女长得花骨朵一样，来说媒的人踏破了门槛，可长乐没一个感到称心的，用他的话说，不是驴不走，就是磨不转。长乐婶心急嘴也急："这挑肥拣瘦拖到二十五岁了，女到二十五，生俩撅腚虎，别人家的都抱上娃了，没听人家说，女大不中留，留来留去成了仇，闺女自家看上人家，咱就别瞎搅和了。"长乐一听不乐意了："我的闺女是十里八乡数得着的一朵花，咱得好好把关，可不能随随便便打发了。"

"要不，咱再找李媒嘴子给说合说合？"长乐婶想起了经常走东家串西家给人牵线搭桥撮合婚事的"媒嘴子"。

"十个媒人九个哄，一个不哄是饭桶，李媒嘴子那嘴像河里涨水没个准头，咱还是自己再给闺女数算数算。"

"也好，东村村长家的儿子大法咋样？"

"别提，别提，一提就气不打一处来，那个村长，就好比麻雀站在大梁上，鸟小架子大，平时趾高气扬的，咱这热脸贴冷腚，还怕将来闺女跟着受委屈。"

"西村老钱家大能？"

"当兵好几年，回来就混了个拖拉机驾驶员，将来也白搭！"

"咱村里老李家大刚？"

"娘矬矬一个，爹矬矬一窝，他爹一辈子窝囊，光知道埋头下苦力，烂泥巴糊不上墙，窝瓜秧爬不上房，这样的人家闺女去了也跟着抬不起头。"

"张庄老周家大明？"

"老周家个个像杨白劳似的受了多少压迫，一副血海深仇苦大仇深的样儿，那几年凭下东北拼苦力赚点口粮才讨个媳妇，那儿子更没法提，叫什么黄鼠狼生下老鼠，一辈不如一辈。"

"李庄老吴家大水？"

"要吃饭，力气换，那家人，做活不瞪眼，吃饭摸大碗，成天吃了睡，睡了吃，少睡穷，老睡死，这样的人家不去也罢。"

"赵庄老郑家大春？"

"老郑家各方面还得，就是那大春成天低着头有心事的样儿，仰头婆娘低头汉，青皮萝卜独瓣蒜，不好对付。"

"咱村老王家大波？"

"那爷们儿，祖祖辈辈一根筋，那小子从小给个棒槌就当针，一岁不成驴，终身是驴驹，不行。"

"马庄老冯家大智怎么样，听说这家人头脑灵活，还经营着买卖，是不是……"

"我早打听明白了，那家人祖上就心眼多，大智爷爷的爷爷还是怎么的，不识字还冒充学问人，家里揭不开锅给他老丈人写信借粮，自己不会写，又不好意思求人，找了一个屎壳郎拴了蘸墨在纸上拉。老丈人不认识，求女婿解读，大智爷爷的爷爷还是怎么的装模作样地念道'家里遇点小灾荒，想找丈人帮帮忙，不好意思当面讲，一封书信表衷肠'，老丈人赶忙送米送面，还一个劲儿地夸女婿才高八斗。都说人老奸，驴老滑，兔子老了不好拿，那老冯也越老越精成了老狐狸样，遇事不吃亏，这样的亲家不敢结。"

"十指还不一样齐，说来说去没个十全十美的，要我说呀，儿女自有儿女福，嫁鸡随鸡，嫁狗随狗，咱别瞎操心了……"

"那不行，咱多吃了这几年咸盐可不是白吃的！"

"哎，天都晌了，饭也好了，怎么没见闺女回家吃饭。打手机，关了？！老头子，这电话机下面有一张纸条，你快看看谁写的？"

"是闺女留的：爹，妈，你们不用为我的婚事操心了，我决定跟大柱一起过，我们今天就走，一块外出打工！"

长乐婶一听，揪着长乐就不松手，非要长乐赔闺女："你个死老东西，混账了我一辈子，如今又混账我闺女，闺女自己看好的人，你左挑右剔的没完没了，要是闺女有个三长两短，我和你没完！"

长乐又急又恼，哭淋淋地喊上了："别把黑锅都让我背，你不也是……闺女呀，只要你回来，我什么都听你的——"

长乐婶气得一巴掌过去："大老爷们儿哭个屁，顶啥用？还不快想办法找回闺女！"

长乐气呼呼地起身："找找找，我先去把大柱家要人，他不还我闺女，把锅给砸了！"

"爹——不能去，这是个玩笑，我……一直躲在院中柴屋中偷听。"闺女突然现身。

长乐依旧往外走。

"爹，我求你了，别去丢人现眼了！"闺女低声乞求，几乎要给长乐跪下。

"丢什么人，现什么眼，男大当婚，女大当嫁，我这就去找大柱爹娘商议你们的婚事！"

中国"坏声音"

古夷社区的中国坏声音比赛，谁能拿得最高奖，结果你可能不会想到！

古夷社区为活跃居民生活提高群众识别假恶丑的能力，举行了一场别开生面的比赛——中国"坏声音"，参与者可以模仿也可录音，模仿或提供社会生活中那些令人厌恶的声音。为提高群众参与积极性，举办方提前下发通知，十个群众评委现场评判打分，并准备了丰厚的奖品。

张三多上台模仿了驴叫、猫叫，并录放了割玻璃锉锯条的声音。原来，古夷一带有个著名的"四难听"——猫叫春，老驴嚎，割玻璃，锉锯条。不料评委们一致否决：这是自然的声音，劳动的声音，应当算是美的声音。

李本水上台学了一段病人呻吟声，结果遭到一致抨击：拿别人的痛苦与缺陷取笑，不是缺心眼儿就是缺德！

王小五两口子同台献艺，模仿家庭中因琐事争吵夫妻互不相让之事，也许是实践出真知，模仿得惟妙惟肖，众评委给了91分。

赵四维两口子不甘示弱，夫妻同台模仿街头男女发生撞碰后不文明的对攻，同样也是91分。

钱小范用亲身体会，模仿城管追骂小贩的声音，许多人感同身受，得到92分。

孙求是根据那回去窗口单位办事经历，模仿那位办事员慵懒散的动作和语调儿，得到了93分。

小学生周国珍上台，像个小大人似的，模仿考试分数少，家长暴跳如雷地训斥。众评委一致亮出高分，94分。

又一位小学生吴大为走上台来，还是模仿大人声，这次他模仿的是教师："脑子让地沟油糊了，这么简单的问题都不会，笨得都不知道自己怎死的……"众评委同样亮出94分。

"喂，我是省公安厅的，你因为洗钱卷入了一场官司，现在请你按照我说的对你的银行卡资金进行保全……"居民郑成仁的表演异军突起，引起全场共鸣，原来是用录音电话录制的骗子打电话骗其银行卡转帐的录音，理所当然得到了最高分99分！

根据评定的分数，很快确定了奖项：一等奖一名，二等奖两名，三等奖四名。社区主任正准备给选手颁奖，忽然发现退下来的街道主任费广言正在场下看热闹，忙礼节性地让了让：请费主任给我们讲几句话。

费主任原来就以"话痨"出名，因为言过其实少有建树提前离岗，退下来好几年憋得心里发痒，社区主任一客气，他顺水推舟上了台，天南地北地扯起来，说了半天没说出一点实事，众人正在不耐烦，忽然拍手鼓掌叫好——两个小学生走上前来，把自己的奖牌挂到了费主任脖子上！

摆　拍

人已安全救出，记者为追求真实效果却让当事人重现一下，当事人拒绝，记者的父亲挺身而出当替身，不料身昨险境……

"儿子，还是我来吧！我们俩身材个头貌相都差不多。"看到儿子吴满志犯难，父亲咬咬牙站出来，过说边往腰上系绳子。

吴满志一愣，见父亲下定决心，便表情复杂地点点头。

借着下乡采风机会，顺道把进城看病的父亲送回农村老家，半道领导突然打来电话，让他急速前往赵家河村拍一个现场。

作为古夷县电视台名记，人送吴满志外号"老摆"，因为同样的事、同样的人在他的摆弄下，会弄出与众不同的图片，发出与众不同的声音，产生与众不同的效果。

吴满志像一个高级剪辑师，把一连串不相干的事像电影蒙太奇手法组合排列，产生震撼效果。那年赵家河村把一片兔子也不愿来拉屎的荒山拍卖给村民，吴满志就此酣畅淋漓大作系列文章，大意是赵家河荒山一拍拍出绿化热，一拍拍成示范山，一拍拍成聚宝盆……更奇的是第二年拍的连续报道中，红彤彤的苹果高挂果树枝头，连赵家河人自己也不敢相信：桃三杏四梨五年，要吃苹果七八年，咋能刚栽下就结果呢？

拍赵家河荒山与赵家河结下不解之缘，有回采访时发现村里来了电影队，原来是村人柳季儿子考上了名牌大学，特地请了一场电影庆贺，吴满志又来了新灵感——古夷农民新境界，不摆喜宴请电影，柳季一个人的事就成了全古夷乡的事。

去年古夷乡经过一场严重洪涝之后，吴满志要补拍一个古夷乡政府班子带领群众抗洪的报道，正巧天不作美大涝之后久晴不雨，为拍班子一班人冒雨抗洪镜头，吴满志把县园林工程处的灌溉车请到现场，摆在政府大楼门口形成一个水帘洞，让班子人冒着"瓢泼大雨"出门走向抗洪战场。

更让人叫绝的是，吴满志的镜头下，任何人物都会成为语言大师，连平常不大见世面的平头百姓也能对着镜头甲乙丙丁一二三四条理分明地把问题上升到理论与时代高度，更别说那些长年坐办公室研究理论的机关干部了。赵家村的赵疙瘩，平时三脚踹不出个屁，上了电视还一套一套的，别人问赵疙瘩秘诀，赵疙瘩吐了实情：吴记者弄个纸写上要说的话找人旁边举着，我照着念就行。有心人这才发现，吴记者采访的人，说话时眼睛不面对镜头，而是偏向一边，原来是在念稿。

现场异常忙碌，原来是一位老人不小心掉进了一眼数丈深的老井，幸得救援人员及时赶到，才让老人免于一场灾难。吴满志立刻上前，左拍右照，又临场写了几段话让救援队员、落井老人、围观群众在镜头前念，之后意犹未尽，又找救援队长耳语几句，岂料队长连连摇头："不行，不行，太危险，再说老人受了惊吓，体力也不允许，你就实事求是报道算了。"

吴满志走到老人面前说明原由，老人听明白让他再度下井补拍一个镜头时，瞪了眼像看外星人一样看吴满志，坚决地摇头。吴满志想了想，掏出二百元钱："大爷，这是工作，而且是很重要的工作，这点钱就算……"

老人依旧摇头。

一直在一边观察的父亲发现儿子难处，上前把老汉脱下的湿衣服穿在身上，挺身走了出来。

"爹，你可小心！"吴满志一遍遍叮嘱父亲，让救援人员小心把父亲放下井口一米多，然后小心地往上拉，自己摆好架式准备拍摄："好，开始！"

刚将"落井老汉"拉升至井口位置，只听一声惊呼：吴满志父亲腰上的绳子突然开了扣！

救援人员立马开始了新一轮营救……

猪八戒炒股记

猪八戒一个偶然机会华丽转身，成为炒股专家，引来一大批追随者，却最终因被套牢逼上了楼顶……

虽然净坛使者职位旱涝保收，但这约束那规定太多银子太少，严重束缚了八戒手脚，连去月宫一睹嫦娥的机票都买不起。欲下海捞金怕被海水灌大肚子，想腐败一回又怕惹牢狱之灾，偶闻有人业余炒股轻松大赚，便用猜钱币正反面选股的办法小试一回，不想这支股接下来就像坐了火箭一样噌噌往上长，让八戒旗开得胜，尝到了数钱到手疼的幸福。舍不得孩子套不着狼，八戒决心大干一场，偷偷抵押房产贷款全数投进，数月间不仅还清贷款还开来了一辆"四圈"招摇过市。

有人向纪委告发其钱财来路不正，老猪无奈交了实底，接下一夜成名,跟他学炒股的人排成了长队,甚至连顶头上司马处长都屁颠屁颠跟着老猪跑,有事没事给老猪个甜枣吃。电视台强势跟进,老猪专访滚动播出,并聘老猪为《股市指南》栏目特邀嘉宾。八戒耐不住出头露面诱惑,又有几分不自信:"我这水平,这模样,当嘉宾人家能买账?"高小姐一个劲儿地打气:"科学证明,世上智商最高的是猪!想你老猪上过天入过地,占过山为过王,降妖捉怪小菜一碟,当着领导面都敢与美女调情……小小股票算个屁?你看电视上那些专家教授的,哪个不是满嘴跑火车,走到街上叫人吐口水能淹死,扔砖头能砸死,你怕啥?"老猪现炒现卖学了几个术语,又用金丝眼镜、西装领带的包装成文化人,操着浓浓高家庄味普通话,咬文嚼字,侃侃而谈:抓两头,放中间;追冷的赶热的,放过不冷不热的;冷战冷战,一手挣来千万……众股民奉若神灵热烈追捧,誉之"股神":"跟着股神走,汽车房子全都有!""要发财,找八戒!"节目收视率直线上升又创吉尼斯纪录,《股神是怎样炼成的》、《股神那些事》、《从天蓬元帅到股市大虾》等系列丛书也像春雨后的杂草冒出,追随者如同过江的鲫鱼夏天的蚊子……那位曾跟八戒炒股的马处长因挪用公款炒股犯事入狱时提出的唯一要求就是随身带一本《从天蓬元帅到股市大虾》……

时光荏苒,别妇抛雏十几年方归的马处长发现自己入狱前投资数十万的股票未能按"冷战"理论成长,反倒像日元一样急剧贬值成泡沫,家都没回便去找"股神"觅寻天机,不想八戒此刻却站在公司八十八层楼顶,下面无数被套牢的股民正等八戒指点迷津为他们解套:"股神股神我爱你,股神我们要见你——"却有警察设置警戒线不放一个人进去。

此时,高小姐在警察引领下火速赶来:"大家别急,股神研究股市进入了忘我之境,很快就会下来!"

高小姐让警察远离，独自上前。八戒一脸羞惭："千万别过来，你过来我就跳！没脸见江东父老！房子车子全抵进去了，挪用的公款全砸进去了！"高小姐似乎早有预料，摸出一张存折扔过去："看看够不够还账？"八戒眼睛立刻亮起来："绰绰有余，你这是——"高小姐得意一笑："羊毛出在猪身上，推介你的那些畅销书都是我操作的！"八戒迷惑："你几时识文解字会写书了？"高小姐一撇嘴："还是公务员，连这点事不知道，现在随便出几毛钱，那写手一堆一堆的！"八戒仰天大笑狂叫："天哪，我又发现了一支潜力股！"

举报自己

本想举报别人的二丑，偷鸡不成蚀把米，把自己套了进去。这算是官场小说中的一个另类。

上午刚上班二丑就接到通知，纪委请他去一趟。

二丑本有官名，长相也不丑，乍一看还人模狗样的满像回事，但人们私下多习惯于这样称呼。

世上无难事，只怕有心人。二丑脚步轻松，又一次沉浸在弄人的享受之中。

善弄人，耍得开，常让二丑引以为豪。因了这一特长，二丑从一个不起眼的小差使一步步母鸡变凤凰脱颖而成正儿八经的副局长。那些自谓有学历、有本事的人，日思夜想费力一辈子，却始终迈不上副科这道门槛。

要得开的法宝之一便是脸皮厚。二丑曾不无自豪地说：厚脸皮是一种修养，是生产力。还未成名时他便小有酒瘾，一到饭节便四处打电话要请这位那位，结果每回都是他请来的人付帐。实在无酒可蹭，就逼同事玩"抓大头"：在小纸条上写上十元、二十元不等的数额攒成团让同事摸，摸到照上面金额交钱，一顿饭的开销便出来了，每回都是二丑主动当"服务者"，跑跑腿不用掏钱白吃白喝。

要得开的最大法宝，当是他将鲁迅先生曾冷嘲热讽的"二丑"艺术发扬光大到极致，运用得游刃有余。二丑是堂堂一局之长总能从哲学的高度看问题而得名"哲学苏"的司机，别看司机不过是牵马提蹬跟班服务的主儿，却有着得天独厚的优势，有机会像捧眼的角儿不时随局长穿插几句，似不经意间就完成了参政议政使命。一大半民间评价传说，局长是听二丑说的，一大半局长言行动向，是二丑附耳告诉同事的。当着苏局长的面，他就说苏局长有领导一个局、一个县甚至一个省的能力，回过身却说："屁！就他那点脑子，哄死他也不知怎么死的！"一边和同事热情有加称兄道弟，转过头就张长李短曝那些知三不着四的猛料。二丑也曾半真半假地说："你们不要只看到城门楼子看不到地下的门槛，我造糖不甜，造醋可酸得呲牙！"同事怕他在"哲学苏"面前给自己造醋，就又恨又怕，半真半假地恭维。

时间长了，二丑的屁股连"哲学苏"局长也轻易不敢摸了。因为他掌握了一些拿不上台面的事，据说有的还有声像资料，弄得局长畏首畏尾、投鼠忌器，不敢轻举妄动。

都说造化弄人，人若弄人那可更叫过瘾。想起那回撺弄猴子爬杆，二丑不由笑出声来。那年教育系统举行一个典礼，邀请一些有关无关的人去捧场，过惯了抠把日子的教育局长为节省起见，只给剪彩领导准备了还算像样的礼品，又一样客两样菜让司机们清水寡汤地凑合，二丑眉头一皱，目睹一平日甚看不惯其作派的某长司机在场，便凑过去尊声"大哥"附耳进言，"大哥"被二丑一激，便拿出"大哥"做派催服务员上"一斤多的鲍鱼、半斤多的对虾"，还要外国烟酒，喝不了往地下倒，教育局长心疼得差点背过气去，"大哥"因此受了批评背了处分。

善弄人，不仅让二丑享受快感，还带来实质性的利益。那年全县干部调整，论资历论实绩，办公室主任周诚毫无疑问在提拔之列。二丑早对周诚有看法，因为近来每回修车，周诚都傻乎乎地跟着签字论价，弄得二丑没个作假机会，心里憋屈，但嘴上还一个劲儿地客套。那天磨磨蹭蹭修完车，二丑坚持要请客感谢周主任的关爱，并招呼来了一班同事。酒至半酣，话题便引到周诚的提拔上，主题一下变为周诚的拉票酒会。这个道："雨天不打伞，淋（轮）到周兄了。"那位说："周兄提拔这事，灶王爷吃糖瓜——稳拿！"有的还说："以周主任水平，早该提拔，别说提个副科，当个局长那也大材小用。"酒精一刺激，头脑一发热，嘴就把不住门，周诚一而再再而三地感谢大家帮忙，末了喝到舌头不会打弯儿但还是争着付了帐。不成想周成拉票的事传了个沸沸扬扬，连组织部门都知道了，提拔的事自然泡了汤。结果苏局长也赴他处高就，二丑捡周诚的缺成了正儿八经的副科。别人看不出究竟，二丑却在心里笑道："哲学苏"急欲高调，不提拔我，他也走不囫囵！我手里的随便一样材料就够他喝一壶的。

与天斗，其乐无穷，与地斗，其乐无穷，与人斗，更是乐在其中。他老人家这几句话真是说到我的心坎上了。秦少艾，你真是少人爱，这回让你尝尝滋味。如果纪委问起，我该先怎么表态呢？对，先说秦局长是个好局长，然后再装作共产党员要实事求是的样子全盘端出，就说是秦局长要求把东西放在办公室的……二丑边走边得意自己的计划。

接替"哲学苏"的是秦少艾。少艾局长很是低调，处事谨慎，一些事放手让几个副手去做。而几年的副局长生涯，二丑对自己又有了新的期许，几回想更上层楼，秦少艾却总不明确表态，二丑明白秦少艾是想扶一位排名在其后的副局长进步时，虽然心下不得不承认那位能力品质远在自己之上，但还是心生怨尤，产生了打掉拦路虎的念头。

果然，纪委调查的正是那件事。

"那回秦局长安排我去购买了十多件，对，十件玉饰工艺品，公务用了五件，剩下的局长让我放在他的办公室。"二丑清楚地记的，秦局长本来安排买六件，他眉头一皱多买了四件，剩下的硬放在了局长办公室。让二丑心喜的是，从此再没听秦局长提起过这些物品。

"是你经手的？"

"千真万确！"

"这发票是你亲自报的？"纪委的人拿出了一张发票。

"对！肯定没错！"

"那你看这张是怎么回事？"纪委的人又出示了一张发票底联。

二丑的汗一下出来了："这、这……"

"我们接到反映秦少艾贪占数万元玉饰品的举报信后，偷偷展开调查，结果发现那剩余的玉饰品保管在仓库，倒是这玉饰的价格让我们产生怀疑，我们就顺藤摸瓜，发现这玉饰其实是按标价的一折卖出的，开出的发票是九万二，底联却是九千二！"

二丑一下垮了："我赔，我赔，请组织……你们是怎么怀疑上我的？"

"来说是非者，便是是非人。苏局长离开时曾感叹：善待好人，谨防小人。你琢磨一下他说的小人是谁？想想这些年你无故生出了多少风浪？只是这回你忘了先擦清自己屁股！"

沮丧至极的二丑突然想起了那句老生常谈：自作自受！